황선생의 치료실
당신을 여자로 만들어 드립니다
치바나 유키노 글
사라기 카나데 그림 | 이정화 옮김
아인
AIN

당신을 여자로 만들어 드립니다

왕선생의 치료실

왕 선생의 치료실~당신을 여자로 만들어 드립니다~ 하

초판 1쇄 찍은 날 | 2014년 5월 1일
초판 1쇄 펴낸 날 | 2014년 5월 10일

지은이 | 타치바나 유키노
그린이 | 키사라기 카나데
옮긴이 | 이정화
펴낸이 | 예경원

편집책임 | 박우진
편집 | 오아현

펴낸곳 | 예원북스
등록번호 | 제396-2012-000132호
등록일자 | 2012. 7. 25
YRN | 제3-0003호

주소 | 경기도 고양시 일산동구 무궁화로 8-28 삼성메르헨하우스 712호 (우) 410-837
전화 | 031-819-9431 팩스 | 031-817-9432
http://blog.naver.com/ainandfin
E-mail | ainandfin@naver.com

ISBN 979-11-5630-916-1 (set)
ISBN 979-11-5630-914-7 02830

※ 이 도서의 국립중앙도서관 출판시도서목록(CIP)은 서지정보유통지원시스템 홈페이지(http://seoji.nl.go.kr)와 국가자료공동목록시스템(http://www.nl.go.kr/kolisnet)에서 이용하실 수 있습니다.

타치바나 유키노 글 | 키사라기 카나데 그림 | 이정화 옮김

AIN PREMIUM SERIES

下

당신을 여자로 만들어 드립니다

왕선생의 치료실

*이 이야기는 픽션으로, 이야기에 등장하는 인물 · 단체 · 사건은 현실과는 무관합니다.

CONTENTS

비밀엄수

차가운 몸 (2)
세 사람이서 타오르는 관능

3.

몸의 말단과 연결되는 부분은
가리는 게 좋아요.

캐시미어 터틀넥에 실크 스카프.
모직 스커트에 두꺼운 스타킹까지 차려입고 보니, 고리타분한 선생님 같았다.
아침에 거울을 보고 그렇게 생각했지만 어쩔 수 없었다.
목은 물론 손목, 발목도 감추라고 왕 선생님이 말했으니까…….
남들에게는 말 못할 그날의 치료를 떠올리자 몸이 다시 뜨거워졌다.
너무 좋았어…….

내 몸 위에 올라탔을 때는 엄청 난폭했으면서, 끝나고 나자 너무 다정했다.

품에 안긴 채 눈물을 글썽이는 내 눈가에 입을 맞추며 왕 선생님은 '진찰'의 결과를 말해줬다.

「레이코 씨는 어혈이 많아요…….」

「어혈? 그… 더러운 피를 말하는 건가요?」

부항을 뜰 때 나오는 거무튀튀한 피를 떠올리며 동요하는 내게 왕 선생님은 웃으면서 베개 맡의 메모장을 꺼냈다.

「어혈(瘀血)이요. 더러울 오(汚)가 아니에요.」

메모장에 남겨진 파란 문자는 미려한 얼굴만큼 단정한 글씨였다.

「어혈이란 평소에는 잘 흐르던 피가 어떤 원인 때문에 적체된 상태를 말해요. 특히 젊은 여성들이 옷을 얇게 입고 다니면 몸이 차가워져서 혈액순환이 나빠져, 이와 같은 증상을 나타내는 경우가 많죠.」

그의 손이 다가와 내 손을 만졌다.

「레이코 씨도 이렇게 손이 차잖아요. 그리고 다리도…….」

왕 선생님이 내 손과 발을 어루만졌다.

감싸는 것처럼 따뜻하게 데워지는 그 체온이 좋아서 난 어리광을 부리듯 왕 선생님의 가슴에 안겼다.

「옷을 그렇게 얇게 입고 다니니까 그래요.」

설교마저 달콤하게 들린다.

「어혈은 새로운 피의 생성을 방해한답니다.」

「네…….」
「신선한 피가 부족해지면 몸에 영양분이 충분히 공급되지 않아서 피부가 거칠어지고 안색이 나빠질 수 있어요.」
「네…….」
멀건 얼굴로 대답만 하는 날 보더니 왕 선생님은 쓴웃음을 지었다.
「새겨듣고 있는 거예요?」
또 다시 달콤한 잔소리가 날아들었다.
그 후…….

"어라? 레이코, 오늘은 평소랑 좀 다른 분위기인데?"
사장님의 말에 부끄러워져서 변명을 했다.
"촌스럽죠? 죄송합니다. 의사 선생님이 몸을 따뜻하게 해야 한다고 하셔서……."
"그래? 보기에도 괜찮으니까 신경 쓰지 마. 세련돼 보이고 좋은데 왜."
에! 정말?
……이게 아저씨들 취향인 건가?
묵례를 하고 비서실로 돌아오니 올해 막 들어온 신입이 '안녕하세요!' 하고 밝게 인사하며 차를 내왔다.
"응? 오늘 혹시 특별한 손님이 오시나요?"
"아니. 왜?"
"쫙 빼입고 오셔서요."
에엣! 그럼 평소엔 별로였단 말이야?

애한테도 이런 소리를 듣다니.

씁쓸한 표정으로 난 왕 선생님에게 배운 지식을 늘어놨다.

"몸의 말단과 연결되는 부분은 차갑게 하면 안 돼. 손목이나 발목 같은 데 말이야."

"응? 그럼 유두는요?"

뭐~? 난 웃음을 터뜨리며 '다음에 물어볼게' 하고 대답했다. 별난 아이 같으니!

통통 튀는 발걸음으로 자리로 돌아가는 발랄한 뒷모습을 왠지 부러운 마음으로 지켜봤다.

주위에 빛이 흩날리는 것 같아.

밝고 즐거워 보여.

업무적으로는 좀 더 엄격하게 지도하는 게 좋지 않을까 싶다가도, 언제나 오냐오냐 하게 돼버린다.

어린 후배를 괴롭히는 까칠한 왕언니는 되고 싶지 않은 걸…….

"아, 맞다!"

후배가 빙글 돌아봤다.

"선배님. 해외구매부 직원 중에 키타지마(北嶋) 씨라고 혹시 아세요?"

가슴이 철렁 내려앉아서 말문이 막혀 버렸다.

그 사람은 왜…….

혹시 몰래 사내연애 중인 걸 들킨 건가?

그럼 어떡하지…….

사내연애가 금지되어 있는 건 아니지만, 알려졌을 경우의

골치 아픔을 생각해서 그동안 비밀로 하고 있었다.
만약 이 아이가 그걸 알고서…….
하지만 후배 입에서는 전혀 예상치 못한 말이 튀어 나왔다.
정말이지 예상치 못한 말이.
"제 동기가 다음 달에 그 사람하고 결혼한대요."
……뭐?
에? 잠깐만.
그게 대체 무슨……!
내가 속으로 엄청난 패닉 상태에 빠진 것도 모르고, 후배가 천진난만하게 말을 이었다.
"키타지마 씨가 해외 주재원으로 나가게 됐는데 결혼해서 같이 가자고 했나 봐요. 해외근무는 출셋길로 이어지는 코스잖아요. 좋겠다. 부러워요—!"
나도 모르게 벌떡 일어섰다.
후배가 '왜 그러세요?' 하며 의아한 표정으로 쳐다봤다.
"…미안. 전무님이 부르셨는데 깜빡했네……."
나는 도망치듯 비서실을 나왔다.
이게 대체 무슨 소리야……?!
엘리베이터로 뛰어들어 그 사람의 사무실 층을 눌렀다.
회사 사람들한테 들키지 않으려고 그 층에는 절대 발걸음을 하지 않았다.
그 사람이 그렇게 하라고 했으니까, 보고 싶을 때도 난 꾹 참았는데…….

정말로……?

황급히 엘리베이터에서 내렸다. 하지만 아무리 생각해도 가만히 있을 수가 없었다.

다시 한 번 비틀비틀 엘리베이터에 올라탔다.

왜……?

칭, 하는 소리와 함께 닫히는 문을 공허하게 바라보며 생각했다.

헤어지자는 말을 했었나……?

아니, 안 했어.

버튼을 누르지 않았는데 엘리베이터는 멋대로 아래로 내려갔다.

로비 층에서 문이 열렸다.

로비에서 엘리베이터를 기다리던 사람 중에 VIP인 손님을 발견하고 재빨리 웃으며 인사를 했다. 하지만…….

사무실에 돌아가야 해…….

그렇게 생각했지만 난 손님을 스쳐 지나 도망치듯 빌딩을 나가려고 했다.

지금 이 상황을 외면하고 싶었다. 믿을 수 없는 이 상황을 혼자서 정리할 시간이 필요했다.

그때,

"레이코."

누군가가 내 팔을 붙잡았다.

돌아보니… 지금 머릿속을 엉망으로 만들고 있는 그 사람이었다.

그 사람이 인적이 드문 빌딩 구석으로 날 잡아끌었다.
그리고는 가까운 자판기에서 로얄 밀크티를 뽑았다.
홍차 별로 안 좋아하는데.
그렇게 생각했지만.
"자."
내 손톱이 상하지 않게끔 항상 캔 꼭지를 따서 건네주는 사람.
이 상황에서도 그런 모습이 너무 기쁘다니…….
가슴이 미어질 듯했지만 묵묵히 캔을 받아 들었다.
그 사람은 어깨를 움츠리며 자기 캔을 땄다.
"뭐, 그렇게 됐어."
그렇게 되다니? 뭐가 어떻게 돼?
분해서 손가락 끝이 부들부들 떨렸다.
"…언제 헤어진 거야, 우리가?"
목소리에 원망이 섞여 나왔다.
"말해봐. 우리, 언제 헤어진 거야?"
당분간은 바빠서 못 만나니까 이해해 달라며? 그래놓고 갑자기 이게 무슨 소리야?
아직까지 상황에 머리가 따라가지 못하고 있었다. 하지만 확실하게 알고 있는 것은 있다.
이 남자가 나를 속였다는 걸.

사과를 들을 생각이었던 건 아니었지만,
그 사람은 나와 눈을 마주치지 않고 코웃음을 흘렸다.
"분위기 파악 좀 해."
뭐?!
피가 거꾸로 솟는 것 같았다.
파랗게 질린 나를 개의치 않고 그 사람은 안주머니에서 담배를 꺼냈다.
그리곤 담배 끝에 빨간 불을 붙이면서 말했다.
"옷이 왜 그래? 이미지 바꿔보려고?"
그리고는 감상하듯이 나를 찬찬히 훑어봤다.
여기저기 꼼꼼하게 감싼, 평소와 다른 내 모습을.
"신선하고 괜찮은데? 마지막으로 한 번 더 잘까?"
"무슨… 소리야……?"
분노인지 슬픔인지 모를 감정이 섞여 나도 모르게 목소리가 떨려왔다.
"이런 짓을 해도 된다고 생각해? 내가 있는데, 회사 안의 다른 사람하고……."
그 사람이 짜증스럽다는 듯 얼굴을 돌렸다.
가끔 보였던 저 표정……. 기억이 있다. 내가 그에게 불리한 이야기를 할 때마다 보였던 그 표정이다.
듣기 싫다는, 더 이야기하기 싫다는 그런 표정.
"소란 피우려면 마음대로 해. 걔는 별로 상관 안 할 테니까."
그가 다시 뻔뻔한 얼굴로 천천히 이쪽을 돌아보며 빙긋 웃었다.

"내가 선택한 건 걔야."

너무해……! 왜 내가 이런 일을…….

충격으로 몸이 굳은 날 몰아세우는 것처럼, 그 사람이 갑자기 내 손목을 잡고 오른쪽 약지에서 억지로 반지를 빼냈다.

"뭐하는 거야?! 내놔!"

"이제 필요 없잖아?"

그 사람은 코웃음을 치며 반지를 들어 햇빛에 비춰봤다.

"긁힌 자국이 많군."

그래. 매일 끼고 있었으니까. 목욕을 할 때 말곤 잘 때도 꼭 끼고 있었으니까.

이 반지가 있는 한 그가 곁에 없어도 늘 함께 있다고 믿으면서…….

"중고시장에 팔면 밥값 정도는 나올까?"

"최악이야!"

한번 준 걸 다시 빼앗다니. 정말이지 이런 사람인 줄은 몰랐다.

"당신 같은 사람하고 결혼하다니, 걔도 불쌍해!"

내 나름의 분노의 표현이었지만,

"그럴지도."

그 사람은 화도 내지 않았다.

"뭐, 그래도 나쁠 건 없잖아? 예비 간부의 사모님인데."

왕 선생님.

제가 뭘 잘못한 걸까요……?
남자를 보는 눈이 없었다?
아니면…….

4.

앞으로 나아갈 길을 잃어버린 것일까…….

내 존재가 흐릿해지는 것 같은 높고 맑은 가을 하늘.

살짝 노크를 하자 왕 선생님이 창문을 열었다. 마치 기다리고 있었다는 듯, 내가 올 것을 예상하고 있었다는 듯한 그 반응에 살짝 놀랐다.

그가 나를 가만히 바라보더니 슬픈 표정을 지었다.

"…버려진 강아지 같은 눈을 하고 있군요."

버려진 강아지라……. 그럴지도.

그 후로 난 후배에게 전화해서 몸이 아파서 병원에 가야 할 것 같다고 하고 회사를 나왔다.

정처 없이 거리를 빙빙 돌다가 아무래도 참을 수가 없어서 여기까지 오고 말았다.

다정하게 위로해 줄 상대가 필요했다.

그날처럼…….

"들어오세요."

왕 선생님이 문을 열고 정원으로 나왔다. 그리고 내 복장을 보고 흐뭇하게 미소 지었다.

"무척 잘 어울리는군요."

그 순간 눈물이 왈칵 쏟아졌다.

이렇게 사심 없이 해주는 칭찬을 듣고 싶었다. 그에게.

하지만,

이젠 늦었어…….

왕 선생님은 들썩이는 내 어깨를 가만히 감싸 안더니 치료실로 나를 데리고 갔다.

나를 침대에 앉힌 후 그는 내 스카프에 손을 댔다.

목을 감싸고 있던 실크가 스르륵 풀렸다.

다음으로 스웨터로 손을 뻗었다.

그리고 스커트 후크에.

지금부터 무슨 일이 일어날지 알지도 못한 채로, 나는 그저 가만히 있었다.

조금은 기뻤던 것 같기도 하다.

괜찮아, 왕 선생님이라면.

이 미어질 것 같은 가슴의 통증을 없애준다면.

난 항상 이랬다.

내 주변에는 항상 손을 뻗는 남자가 많았고, 나는 그중에서 제일 조건이 좋고 다정할 것 같은 사람에게 몸을 맡겼다.

그래, 언제나 내가 선택해 왔는데…….

"휩쓸리기 쉬운 사람이군요."

속옷 차림의 나에게 왕 선생님은 어딘가 질린 것 같은 말투로 얘기했다.

휩쓸리기 쉽다고?

가슴이 철렁해서 눈물이 그렁그렁한 눈으로 노려봤다.

자기가 벗겨 놓고서. 그래놓고 날 비난하는 거야?

그러자 왕 선생님이 빙긋 미소 지었다.

"당차고 좋은 눈빛이에요. 두근두근하네요."

하지만, 말과 달리 그는 왠지 나에게서 한걸음 떨어졌다…….

"자존심이 강한 건 좋아요. 그런데 왜 이렇게 되는 걸까."

한숨 섞인 말투와 함께 왕 선생님이 등을 돌리자 갑자기 불안해졌다.

기다려! 날 버리지 말아요…….

소심해진 마음으로 쳐다보는 날 등진 채, 왕 선생님은 주홍색 선반으로 걸어가 서랍에서 뭔가를 꺼냈다.

그가 다시 내 쪽으로 돌아봤을 때, 난 숨을 삼켰다.

에! 뭐야…… 목줄……?

설마…….

그 검은 기구에는 은색 자물쇠가 채워져 있었다.

왕 선생님이 날 시험하는 것 같은 눈빛으로 철컥, 소리를 냈다.

"당신한테 어울리는 거예요. 레이코 씨."

가죽의 촉감이 목덜미에 닿았다…….

내 목을 휘감는 왕 선생님의 손놀림에 이대로 목 졸려 죽으면 어떡하나 무서워졌다.

공포에 질려 움직이지 못하는 날 놀리듯, 왕 선생님은 그

걸 다시 한 번 꽉 조였다.

"아! 읏……."

갑자기 호흡이 가빠졌다. 눈 아래로 피가 몰리듯 뜨거워졌다.

황급히 손을 목으로 가져갔지만 왕 선생님은 그 손을 거칠게 뿌리쳤다.

"얌전히 있어요."

왕 선생님이 목줄을 느슨하게 풀더니, 이번에는 내 목에 착 감기도록 신중하게 고쳐 맸다.

난 숨을 후우 내쉬었다.

작은 자물쇠가 마치 몇 배나 커진 듯 묵직하게 느껴졌다…….

"…잠깐 이렇게 하고 있어요."

왜……?

나는 안절부절 못하는 표정으로 왕 선생님을 올려다봤다.

하지만 나는 아직도 그날의 달콤한 기분에 사로잡혀 있었던 것 같다.

치료……?

이거…… 무슨 놀이 같은 건가……?

그런 나를 왕 선생님은 차갑게 내려다봤다.

그리고는, 아무 말 없이 바닥에 널려 있는 내 옷을 집어 들더니 그대로 나가려고 했다.

에?

황급히 그 팔을 붙잡았다.

"어, 어디 가요……?"

목소리가 목에…… 목줄에 걸린다.

"뭐…… 안 해요……?"

그 순간 왕 선생님의 손가락이 자물쇠를 붙잡더니 그대로 날 위로 끌어올렸다.

그것은 상상 이상으로 고통스러웠다.

"악!"

"조용히 하고 있어. 이 이상으로 날 화나게 하지 마."

팽팽해진 가죽이 경동맥을 압박하자 고막까지 아릿했다. 나는 얼른 몸을 움츠렸다.

왕 선생님은 그런 나를 내팽개치듯 침대로 밀쳤다.

그리고는 내 몸 위로 올라타 차가운 얼굴을 들이밀었다.

"…당신은 착각하고 있어."

착각……? 뭘……?

갑자기 난폭해진 왕 선생님이 무서워서 순간 여기로 찾아온 걸 후회했다.

겁내는 나에게 왕 선생님의 눈이 더더욱 잔혹한 빛을 내뿜었다.

그리고…….

"시, 싫어! 뭐하는 거예요?!"

왕 선생님이 갑자기 내 손목을 거칠게 거머쥐었다.

단숨에 양손이 구속당했다. 왕 선생님의 커다란 손아귀 힘은 보기보다 훨씬 강해서 반항조차 하지 못했다.

파격은 거기서 끝이 아니었다.

그가 품속으로 손을 넣었다.

옷 속에서 나온 것은 가는 벨트 같은 무언가.

그 끝으로 내 뺨을 찰싹 후려갈겼다.

"아얏……!"

왕 선생님은 내가 황급히 얼굴을 돌린 틈을 타 내 손목을 꽁꽁 묶었다. 등줄기로 식은땀이 배어났다.

뭐야, 갑자기 왜 이러는 거지? 무서워…….

가는 벨트 하나일 뿐인데, 아무리 몸부림을 쳐도 움직일 수가 없었다.

"좋은 광경이군요."

씨익 웃으며 속삭이던 왕 선생님이 다시 손가락으로 목의 자물쇠를 튕겼다.

"잠깐 혼자서 생각해 봐요, 레이코 씨. 내가 왜 화가 났는지."

화가 나……?

왕 선생님이 화가 났어?

혼란에 빠진 날 두고 왕 선생님은 진짜로 방을 나가 버렸다.

왜……?

그가 나가고 난 다음에도 난 당황스런 맘을 숨길 수 없었다.

이게 어떻게 된 일인지 아직도 제대로 머리가 따라가지 못하고 있다.

조용해진 치료실에서 어쩔 수 없이 몸을 옆으로 뉘였다.

오지 말았어야 했어.
그저 다정한 손길을 원했을 뿐인데.
…어떡하지. 집에 무사히 돌아갈 수 있을까…….
커다란 창문 너머로 석양이 빨갛게 물들다가 깊은 어둠 속으로 잠기는 것이 보였다.
불안해서 미칠 것 같았다.
하지만 혹시 내가 없어져도 그 사람은 슬퍼하지 않겠지.
없어졌다는 사실조차 깨닫지 못할지도 몰라.
지금쯤 결혼을 약속한 개랑…….
스스로를 괴롭히는 망상만 자꾸 떠올랐다.
이제 싫어.
전부 다.
위험을 느끼면서도 전혀 움직일 수가 없었다.
아니, 움직일 기력조차 없었다.
…이대로 잠들어 버릴까.
눈을 뜨면, 다른 세계가 눈앞에 있으면 얼마나 좋을까…….
그런 생각을 하면서 얼마쯤의 시간이 흘러갔을까.
갑자기 노크 소리가 들리더니, 끼익 하는 소리와 함께 눈부신 복도의 불빛이 방으로 스며들었다.
"불도 안 켜고 있었어?"
누구?!
갑자기 나타난 소년 때문에 당황한 난 얼른 몸을 일으켜 침대 끝에 몸을 웅크렸다.

불빛 사이로 나타난 것은 발랄한, 생기 넘치는 얼굴의 소년.

"아, 우리 처음 만나죠? 난 론이라고 해요. 왕 선생님의 첫 번째 제자."

소년은 그렇게 자기소개를 하더니 방의 불을 키려고 했다.

"기다려! 켜지 마!"

"왜요?"

"나…… 옷을 안 입고 있어."

"아아."

론이 알고 있다는 듯 고개를 끄덕였다.

"벌 받고 있죠?"

"벌……?!"

"도대체 무슨 짓을 한 거예요, 누나?"

소년이 싱글거리며 다가왔다.

"모, 몰라!"

나는 시선을 피하면서 더더욱 구석으로 몸을 움츠렸다.

하지만 론은 이미 침상 앞까지 와 내 몸을 내려다보고 있었다.

아무렇지 않게 내 목줄에 손을 뻗더니 자물쇠를 가볍게 흔들었다.

"헤에……. 장난 아닌데? 선생님이 이렇게까지 하시다니. 누나가 엄청 맘에 들었나 봐요."

에……?

"뭐, 암튼. 식사 시간이에요, 레이코 씨."

그렇게 말하더니 수레에서 커다란 솥을 꺼냈다.

덜컥, 하고 뚜껑을 열자 식욕을 불러일으키는 해산물 냄새가 훅 끼쳤다.

이런 부끄러운 상황임에도 그 향기에 취해 버릴 것 같았다.

"…맛있어 보여. 부야베스(프랑스 프로방스 지방의 전통음식으로, 해산물 수프로 스튜의 일종이다:편집 주)?"

"네. 누나는 혈액순환을 돕고 피를 따뜻하게 하는 음식을 먹어야 해요. 새우나 생선이나, 마늘이나 사프란 같은 거."

론은 하얀색 도자기 접시에 부야베스를 덜어서 침대까지 가지고 왔다.

그리고 속옷 차림의 날 보면서 키득 웃었다.

"이렇게 벌거벗겨 놓으면 어차피 다시 차가워질 텐데. 선생님은 무슨 생각인 거지?"

그렇게 중얼거리면서 내 코앞에 그릇을 내밀었다.

아아! 엄청 맛있는 냄새…….

그러고 보니 오늘 아침부터 아무것도 안 먹었다…….

"먹고 싶어요?"

"…응."

이거 풀어줘.

난 론에게 손목을 내밀었다.

부탁이야, 풀어줘…….

굳이 말하지 않아도 알리라. 그렇게 생각했는데. 론은 손목을 내려다보고, 목을 보고, 그리고는 고개를 저었다.

"안 돼요. 그랬다간 선생님한테 혼나요."

그럼 어떻게 먹으란 거야?! 발끈한 나에게 론이 빙긋 웃었다.

"진정해요. 누나……."

내가 먹여주면 되잖아요.

5.

혀가 델 정도로 뜨거운 수프.

…소년은 그 뜨거운 수프를 내 살에 흘렸다.

"앗, 뜨거……!"

내가 노려보자 론은 헤실헤실 웃었다.

"아, 실수. 미안해요."

그리고 후우, 하고 스푼을 불더니 내 입으로 가져왔다.

…이번엔 무사히 입으로 들어왔다.

"맛있죠?"

"응……."

맛있어…….

솔직히 난 감동했다.

비서라는 직업상 사장님을 따라 고급 레스토랑에 가는 일이 잦다.

고급인 만큼 좋은 재료와 훌륭한 요리사라는 조건이 갖춰져 있으니 분명 맛은 있다.

하지만 이렇게 맛있다고 느껴본 적은 없었다.

그 어떤 고급 레스토랑의 요리보다, 눈앞의 이 부야레스는 정말로 맛있었다.

"그야 내가 만들었으니까."

론이 의기양양한 표정으로 가슴을 내밀더니 '하지만 사실은요' 하고 말을 이었다.

"누나 몸에 필요한 것만 넣었으니까. 몸이 원하는 건 맛있다고 느끼게 돼 있거든요. 감각이 잘못되지 않았다면요."

그렇게 말하면서 론은 다시 수프를 떠서 내 입에…… 하지만, 이번에도!

"앗, 뜨거! …너 진짜!"

일부러 이러는 거지? 화상 입으면 어쩔 거야? 아아 정말, 가슴골 사이로 국물이 흘러서 기분도 찝찝한데…….

"헤헤. 미안해요."

론이 묘한 눈빛으로 날 찬찬히 훑어봤다.

"누나, 지금 장난 아니게 섹시한 거 알아요?"

에? 잠깐…… 뭐야, 이거…….

그러고 보니 어두컴컴하다고는 하지만 나 지금 속옷 차림이잖아.

선생님의 제자라고 해서 안심했지만, 이 나이의 애들은 워낙 혈기가 왕성한데…….

"설마 흥분한 거예요?"

"앗! 뭐야! 그만해, 진짜!"

론이 유쾌한 듯 웃으며 뜨거운 수프를 내 살로 뚝뚝 떨어뜨리자 난 비명을 지르며 몸부림쳤다.

"뜨거워! 하, 하지 마!"

애벌레처럼 꿈틀대며 몸을 피했다.

나름대로 필사적이었는데, 오히려 그 행동이…….

"우와! 섹시해! 누나, 진짜 섹시해요!"

론이 더더욱 흥분해서 뜨거운 국물을 떨어뜨렸다.

"하지 마! 하지, 말라고…… 아악! 싫어……!"

"우와, 진짜……!"

마룻바닥에 접시가 덜그럭 떨어지는 소리가 나더니 론이 내게로 뛰어들었다.

"저리 가……!"

"더럽혀서 미안해요. 핥아서 닦아줄게요. 핥기만 할게요. 괜찮죠……?"

론이 두 손으로 내 어깨를 짓누르면서 혀로 가슴을 할짝할짝 훑어 내렸다.

"아, 아아……. 아하, 아, 아아……!"

간지럽고…… 그리고, 기분이 좋았다.

안 된다고 생각하면서도 난 달짝지근한 신음을 뱉어내고 말았다.

그러다가 퍼뜩 정신을 차리고 도망치려고 버둥거리는 내 다리에 단단한 물건이 닿았다.

그것이 무엇인지, 알았다.

어머! 이 애, 서 있어……!

옷깃 너머로 전해져 오는 그 온도와 질감과 크기.

충분히 여자를 미치게 만들 만하다는 것을 느끼자 이상한 신음이 멋대로 목구멍 밖으로 튀어 나왔다.

"아……."

…어떡해! 이러다 당하겠어!

"헤헤."

어지러운 내 마음을 알아차렸는지 론은 가슴골을 끈질기게 핥으면서 손으로 내 무릎을 벌렸다.

그리고 옷 아래로 뜨겁게 부풀어 오른 자신의 욕망을 내 은밀한 곳에 밀착시켰다.

"아— 진짜 하고 싶다. 하지만 혼나니까……."

그렇게 말하면서 끝으로 민감한 꽃봉오리를 쿡쿡 찌르는 바람에 난 허리를 활처럼 휘며 버둥거렸다.

"그러면 안 되죠……."

그렇게 말하면서도 다시 쿡쿡…….

"아학……! 아…… 흐으응……."

관자놀이에 땀이 스미면서 팬티 안이 촉촉이 젖어드는 것이 느껴졌다.

그래도…… 안 돼……!

"하, 하지 마……! 서, 선생님이 야단치잖아……!"

"그러니까 말이에요……."

론이 난감하다는 표정으로 내 몸을 바싹 당겼다.

묶인 손목이 순간적으로 아랫배를 꾹 누르자 난 '아

아……!' 하고 괴로운 신음을 내뱉었다.

'응?' 하고 의아한 표정으로 고개를 든 론.

아, 어떡해…….

너무 부끄러워서 뺨이 확 달아올랐다.

…오줌 싸고 싶어.

"왜 그래요?"

"으응……. 아무것도 아냐."

하지만 한번 의식해 버린 배설 욕구는 점점 강해졌다.

다리를 배배 꼬며 안절부절못하는 날 보더니 론이 '아하!' 하고 무릎을 쳤다.

"소변?"

"……!!!"

난 민망해져서 얼굴을 돌려 딴 곳을 쳐다봤다.

론이 웃으면서 '이리 와요' 라고 말했다.

"데려다 줄게요."

론이 내 어깨를 잡아 일으켰다.

손만 묶였을 뿐인데도 균형을 잡기가 힘들었다.

론의 도움으로 겨우 일어나자 론이 어깨를 부축해 줬다.

달칵.

문을 열자, 환하게 불빛이 비친 복도가 보였다.

복도의 밝은 빛에 망설였지만 어쩔 수 없었다.

맨발로 붉은 주단이 깔린 긴 복도를 걸어갔다.

왕 선생님은 도대체 어디 있을까.

화장실에 도착하자 난 갑자기 당황스러워졌다.

생각해 보니 묶인 채로는 팬티를 내릴 수가 없잖아!

"부탁이야. 이것 좀 풀어줘."

손목을 내밀며 론에게 애원했다.

하지만 론은 고개를 절레절레 흔들었다.

"안 돼요. 함부로 풀면 혼나. 내가 해줄게요."

"엣! 싫어! 창피해…… 아앗!"

론이 몸을 웅크리고 내 팬티를 내리는 바람에 나는 얼굴이 새빨개졌다.

코끝을 집어넣을 기세로 훤히 드러난 검은 수풀을 유심히 들여다보던 론이 빙긋 웃으며 올려다봤다.

"여기도 축축한데요?"

아아, 정말……!

당황해서 얼른 변기에 앉았다. 론은 이번에는 벽에 기댄 채 팔짱을 끼고 빙글거리며 날 내려다봤다.

"나, 나가…… 어서!"

"뭐 어때요. 그냥 보여줘요."

에엣?! 싫어! 절대로!

아무리 신경질을 내도 론은 꼼짝도 하지 않았다.

그러는 동안 내 아랫배는 한계에 다다랐다.

"으…… 으응……."

쪼로록, 하고 변기를 울리는 소리에 부끄러워서 죽을 것 같았다.

"오호! 나온다, 나온다……."

론은 여전히 뜨거운 눈빛으로 날 바라봤고, 그 중심은 아직도 크게 부풀어 있었다.

눈을 피했지만 자꾸만 신경 쓰였다. 일을 보는 사이 바로 눈앞에 남자애가 서 있는데, 신경이 안 쓰일 리가!

낯부끄러운 소리가 그치자 론은 다시 싱긋 웃었다.

"닦아줄게요."

론이 발치에 웅크려 앉자 나는 깜짝 놀라 무릎을 바싹 오므렸다.

"시, 싫어! 하지 마……!"

"가만있어 봐요. 혼자 못 닦잖아요? 빨리 다리 벌려요."

"아앗! 시, 싫어……!"

론이 화장지를 둘둘 말더니 가랑이 사이로 팔을 밀어 넣었다.

앞을 슥 닦아 올리자 '히윽……!' 하고 이상한 소리가 새어 나왔다.

"왜 그래요?"

내 표정을 살피면서 론은 일부러 두 번, 세 번 그곳을 닦았다.

"으으…… 아하……."

"기분 좋죠?"

아니라고 말하고 싶었지만…….

그 자극은 생각보다, 예상보다 훨씬 깊숙하게 내 안으로 찾아 들어왔다.

"앗……! 아, 흐아아……."

다리가 후들거려서 몸을 구부려 론의 어깨에 이마를 기댔다.
화장지를 버린 론의 가운뎃손가락이 축축해진 내 중심을 헤집고 있었다.
그리고 검지와 약지로 그 주변의 주름을 어루만지는 것처럼 부드럽게 간질였다.
"흐으으…… 응…… 앗, 아아아……!"
목구멍에서 새나오는 것은 그저 안타까운 신음.
머리로는 안 된다고 생각했지만 몸은 점점 달아올랐다.
중지가 문질거리며 더욱더 깊은 곳으로 파고들자 다리가 덜덜 떨려왔다.
나도 모르게 다급히 눈앞의 어깨를 깨물어 버렸다…….
"로, 론……."
걷잡을 수 없는 욕정에 사로잡혀서 하아, 하아, 가쁜 숨만 내뱉는 내 입술을 론의 입술이 틀어막았다.
놀라울 정도로 부드러운 입술이 날 애타게 갈구했다.
성급하게 깨물기도 하고, 강하게 빨아들이기도 했다.
촉촉이 젖은 혀가 정신없이 입안을 헤집었다.
그사이 중지는 더욱더 깊은 곳으로 파고들었다.
"으으응…… 응, 하, 아아……."
두 개로 늘어난 손가락이 점막을 좌우로 벌리자 침이 한 줄기 흘러내렸다.
겹쳐진 손가락이 부드러운 진동을 만들어내며 동굴 속으로 파고들었다.

휘어진 손가락 관절이 동굴 입구를 비비듯 자극하자 나는 몸을 비틀며 신음했다.

"그, 그만……. 론……. 으, 으흥……."

정신없이 서로의 혀를 빨아들이며 타액을 뒤섞는 순간 내가 생각한 건 하나였다.

침대에 데려가 줘. 해도 좋으니까…….

……아니. 하고 싶어.

하지만 론은 깜짝 놀랄 만한 힘으로 날 일으켜 세우고 재빨리 변기 뚜껑을 닫더니 거기 손을 얹게 했다.

"안 돼! 이런 데서…… 으, 으읍……!"

반항하고 싶었다. 하지만 론이 손바닥으로 입을 틀어막자 나는 체념해서 눈을 꼭 감았다.

"…소리 내지 마요."

흥분을 참는 듯 떨리는 목소리. 주섬주섬 옷을 벗는 소리가 들렸다.

그리고 곧바로 축축한 그것이 내 은밀한 곳으로 밀려 들어왔다.

"으응……! 응, 아, 아윽!"

욕망에 취해 번들번들해진 동굴 사이로 론의 뜨거운 물건이 메워지자 괴로움과 함께 쾌감도 쏟아져 들어왔다.

소리를 내지 말라 해도, 도저히 참을 수가 없다.

몸이 흔들리고, 고개가 멋대로 젖혀지고, 목줄에서 철컹거리는 소리가 울렸다.

안 돼, 분명히, 선생님이 화낼 텐데…….

하지만…….

소년답게 성급하게 움직이기 시작한 론에게 맞춰 나도 격렬하게 허리를 움직였다.

입술을 틀어막고 있던 손이 아래로 내려가더니 속옷 사이로 가슴을 헤집고 난폭하게 주물렀다.

손가락이 유두를 꼬집자 온몸에 짜릿한 소름이 돋는 것 같았다.

나는 머리칼을 세차게 흔들며 쾌락의 늪으로 빠져들었다.

선생님, 죄송해요…….

6.

흐릿한 머리로 생각한 것은 단 하나.

선생님, 죄송해요…….

"으응……! 으…… 으으…… 읍!"

내 온몸을 달궈 버릴 듯 뜨겁고 강렬하게 밀려드는 불기둥.

나는 재갈을 힘껏 물고 소리 죽여 신음했다.

내 무릎을 쥔 론의 손가락에 힘이 꽉 들어가더니, 두 번째 절정을 쏟아내기 시작했다.

"크읍…… 아!"

꽉 밀착된 몸을 타고 론의 정열이 밀려 들어왔다.
아아, 아이가 생길 것 같아…….
불안한 마음도 잠시.
난 정신없이 등을 젖히며 론의 허리에 발을 얽어맸다. 정열을 쏟아낸 그가 내 안에서 빠져나가는 것이 싫어서.
아직 빼지 마…….
땀으로 범벅된 채 내 위에 축 늘어진 몸.
론은 하아, 하아, 하고 거친 숨을 내뱉으며 암컷의 냄새에 흥분한 짐승처럼 내 가슴과 겨드랑이를 할짝할짝 핥았다.
그러자 내 안에서 한 번 움츠러든 그것이 다시 부풀어 오르기 시작했다.
아아, 대단해……!
다시 내 무릎을 잡아 구부리고 격렬하게 허리를 놀리기 시작한 소년에게 낯선 목소리가 날아들었다.
"짐승같이."
둘만 있다고 생각한 이 방에 또 다른 소년이 들어와 있었다.
소년은 침대 곁의 벽에 기대서 우리가 하는 짓을 보고 있었다……!
"여기저기서 그러니, 조금 시끄러운데."
화장실에서 일을 치를 때 이미 들킨 모양이다.
갑자기 목소리가 들려오니 정신없이 당하고 있는 나도 놀라 눈을 떴다.
하지만 론은 아무렇지 않게 자신의 분신을 집어넣은 채로 그저 열심히 허리를 놀릴 뿐이었다.

"너도 해봐."

되려 그렇게 도발한다.

"됐네. 선생님한테 혼나기 싫어."

소년은 질린 듯 어깨를 까딱이더니 '하지만……' 하고 말을 이었다.

"예쁜 누나네."

그 음색이 방울처럼 맑아서 가슴이 조여드는 것 같았다.

론이 주는 쾌락에 허덕이는 지금 정신으로도 알 수 있다. 검은 머리의 소년은 론과는 다른 성정의, 차분하고 침착한 성격의 소년임을.

하지만…….

"그런 눈으로 보지 마세요."

소년이 곤혹스러운 미소를 띠며 말했다.

"그러면 참을 수 없어져요, 저도 남자라서……."

다시 한 번 거세게 허리를 놀리며 론은 말했다.

"체면 차리지 마. 너도 해보라니까? 렌."

공범으로 만들고 싶은 건지, 론은 끈질기게 렌에게 권했다.

그 와중에도 론의 단단한 기둥은 찌걱찌걱, 젖은 소리를 내며 내 안을 헤집고 있었다.

론이 갑자기 내 다리를 가볍게 들어 자기 어깨에 얹었다.

"으응……! 읍! 응…… 하…… 으윽…… 으응……."

론이 허리가 뜰 정도로 강한 반동을 주며 몸을 놀리자, 이젠 기분이 좋은지 어떤지도 알 수 없었다.

괴롭고, 뜨겁고, 그리고 다시 뜨거워서 감각이…… 아, 아학……!

"아, 이제 위험……! 제길……!"

흥분한 론이 땀범벅인 손으로 난폭하게 가슴을 거머쥐자 난 목구멍 속으로 비명을 질렀다.

아아, 죽어도 좋아……!

더 해줘, 더, 더!

이러다가 재가 돼버릴 것 같다고 생각할 정도로 몸이 달아올랐다.

타오르는 정욕에 몸을 맡기고 론의 리듬에 맞춰 허리를 미친 듯 놀리면서도 난 마음속 어딘가에서 렌을 살피고 있었다.

유혹하는 것처럼 시선을 흘렸다.

제발, 봐줘, 좀 더, 나를.

봐줘, 봐줘, 봐줘…….

…만져도 돼.

무표정한 렌이 눈을 돌리더니 손가락으로 이마의 땀을 훔쳤다.

론이 다시 부채질을 했다.

"이제 못 참겠지?"

"……."

"너 이렇게 생긴 타입 좋아하잖아."

렌은 부정하지 않았다.

"괜찮다니까. 누나도 괜찮죠? 그쵸?"

렌이 고민스러운 듯 끄응, 하는 신음을 내뱉으며 손으로 눈을 덮었다. 하지만 그 손가락 사이로…….

…역시 날 보고 있었다.

헝클어진 머리칼을, 땀범벅인 피부를…….

렌이 마음을 굳힌 듯 침대로 다가오더니 내 곁에 무릎을 꿇었다.

내가 몽롱하게 쳐다보자 또 다시 곤혹스러운 얼굴을 했다.

그가 손목의 벨트를 어루만지며 위로하듯 물었다.

"…아프지 않아요?"

그리고 자물쇠를 살짝 어루만졌다.

론이 황급히 말렸다.

"야! 안 돼. 선생님한테 혼나."

"마찬가지야. 어차피 들킬걸?"

손목을 휘감고 있던 가죽 끈이 풀리자 손이 자유로워졌다.

해방감이 들어야 하는데… 왠지 의지할 곳이 없어진 기분이었다.

"전 이런 거 별로 안 좋아해요."

렌은 상처가 남지 않았는지 확인하는 것처럼 팔을 들더니 내 손목에 입을 맞췄다.

"소리…… 참을 수 있겠어요?"

"야! 무리라니까!"

론이 소리치는 것도 무시하고 재갈도 풀어줬다.

"아……."

자유가 되면 곤란한데.

알았다, 이 해방감에 왜 오히려 실망감이 드는지.

구속되어 어쩔 수 없이가 아닌, 전부 내 의지로 결정해야 하잖아.

렌이 후훗 하고 웃었다.

"…도망치지 말아요. 소리도 참아줘요."

렌이 날 안아 올려서 속옷을 풀었다.

내 겨드랑이 사이로 팔을 뻗어 론의 목덜미를 잡으니 셋이서 얼싸안은 것 같은 모습이었다.

그 순간에도 론은 내게 거침없이 키스를 퍼부었다.

뒤에서 손을 두르는 것처럼 렌이 내 가슴을 감싸 안았다.

"아…… 윽, …아, 아아……."

기분 좋아…….

손가락이 가슴의 돌기를 간질이고, 혀와 입술이 등줄기를 핥아 내린다.

뜨거운 기둥이 날 떠받치는 것처럼 몸속으로 파고들었다.

부드러운 입술이 억센 품에 꼭 갇힌 내 입술을 빨아들였다…….

두 사람의 체온이 앞뒤로 날 감싸 안았다.

…아, 너무 행복해…….

렌의 손가락이 배꼽 주변을 어루만지다가 아랫배로 미끄러져 내려와 검은 수풀 안쪽으로 잠겨들었다.

그리고 수풀 속 꽃주름 속에 봉긋 솟아 있는 꽃봉오리를 가만히 건드렸다…….

"앗……! 하아아……."

"쉿. 소리 내면 안 돼요."

렌의 중지와 검지가 론의 분신으로 가득 메워진 동굴 주위의 점막을 가볍게 쓰다듬었다.

달콤한 꿀물이 스민 손가락을 천천히 부드럽게 미끄러뜨렸다.

그리고 민감한 돌기를 양 손가락에 끼우고 위아래로 조심스럽게 흔들었다.

아아아……! 읏…… 아…… 아……!!

쾌감에 헐떡이던 나는 론의 어깨를 깨물면서 등허리를 꼭 붙들었다.

론이 아픔을 참는 듯 얼굴을 찡그리며 침을 삼키자 목울대가 흔들리는 게 보였다.

미안해……. 하지만 참을 수가 없어…….

그동안에도 렌의 입술은 부드럽게 등을 어루만졌고, 렌의 왼손은 모래알을 쥐는 것처럼 조심스럽게 유두를 잡아 달콤하게 비틀었다.

꽃봉오리를 살살 흔드는 섬세한 진동에 이루 말 못할 쾌감이 골반에서 등줄기를 타고 솟구쳤다.

앗…… 아아아학……!

나는 목덜미를 젖히며 몸을 바르르 떨다가 론의 어깨에 얼굴을 푹 파묻었다. 론이 렌에게 말했다.

"…바꿀까?"

이번엔 렌에게 안기는 거야……?

이성이라곤 녹아 없어져 버린 가운데 멍하니 그런 생각이

스쳤다.

어떻게 해도 좋아.

원하는 만큼 날 가져…….

렌은 내 꽃주름에서 손가락을 뗐다. 그리고 두 손바닥으로 둥근 엉덩이를 감싸 안았다.

마치 깃털로 어루만지는 것처럼 부드럽고 섬세한 손놀림이었다.

그리고…….

"네가 넣었던 데에 넣기는 싫어. 난 여기로 할래."

그 손가락이 말도 안 되는 장소에 닿자 나는 깜짝 놀라 몸을 움츠렸다.

기다려! 설마……!

렌의 손가락이 아랫도리 사이로 넘쳐흐르는 내 샘물과 론이 분출한 정열을 빙글빙글 뒤섞었다.

축축해진 손가락이 엉덩이 골을 쓸어내리더니 꽉 잠겨 있는 주름 사이로 조금씩 미끄러져 들어오기 시작했다…….

"아…… 안 돼……!"

론이 저항하는 나를 도망치지 못하게 꽉 안고 위를 바라보며 몸을 뉘였다.

"꺄앗!"

나는 더더욱 당황했다.

이 모습은……!

론에게는 앞으로, 렌한테는 뒤로 몸을 내준 것 같은 꼴이잖아……!

"보기 좋아요."

청량한 목소리에 오히려 더 수치심이 치솟았다.

나는 눈을 질끈 감고 론의 가슴팍에 꼭 매달릴 수밖에 없었다.

손가락이 점점 더 거세게 안으로 파고들자 처음 느껴보는 감각에 무릎이 부들부들 떨렸다.

살짝 아픈 것 같기도 했다.

하지만, 젖었을 리 없는 그곳에서 찌걱찌걱, 물빛 소리가 났다.

어느새 렌의 손가락이 두 개로 늘었다.

렌이 내 엉덩이 골 사이로 자신의 분신을 밀착시키고 허리를 천천히 놀리기 시작하자, 론이 몸을 비틀며 깊게 숨을 들이마셨다.

"…이제 됐어."

렌이 작게 중얼거리며 엉덩이에서 천천히 손가락을 뺐다.

나는 몽롱해져서 정신을 가눌 수가 없었다.

한편으로 이대로 거기까지 농락당한다면 정말로 몸이 바스러져 버리지 않을까 무서웠다…….

"…간다."

렌이 나한테 하는 말인지 론한테 하는 말인지 분간할 수 없는 말을 중얼거렸다. 동시에 렌의 젖은 분신이 그곳으로 파고들었다.

렌이 내 허리를 붙든 손에 힘을 주자, 나는 터져 나오는 비명을 참으려고 안간힘을 썼다.

내가 몸부림을 치면 칠수록 렌의 그것은 젤이라도 바른 것처럼 미끄러운 감촉으로 내 그곳으로 파고들었다…….

어떡하지? 안 되는데……!

“아아아……! 아흑…… 아아…… 아아아악……!!”

못 참겠어……! 죽을…… 것…… 같아……!

미지의 감각에 공포마저 느끼며 눈을 번쩍 뜬 그때,

난 어느새 치료실의 문이 열린 것을 알아차렸다.

그리고 내 부끄러운 모습을 바라보는 냉랭한 시선.

왕 선생님……!

7.

운명의 붉은 실은 엄지손가락에 묶여 있다.

그런 말을,

어딘가에서 얼핏 들어본 것 같기도 하다.

“합장하는 것처럼 손을 모은 상태에서 엄지손가락을 위로 올리세요. 그렇죠, 그렇게…….”

시키는 대로 손을 모으니 왕 선생님은 내 두 엄지손가락을 새빨간 끈으로 묶었다.

그리고 고개를 들고 미소 지었다.

“이리 오세요.”

너무 차분해서 오히려 무서운 목소리.

좀 전의 광경을 분명 봤음에도, 두 소년을 방에서 쫓은 뒤에도, 왕 선생님은 조금도 흥분하지 않고 있었다.

그 때문에 뭘 생각하고 있는지 도저히 그 눈빛을 읽을 수가 없다.

난 그가 이끄는 대로 따라갔다.

안내받은 곳은 욕실이었다.

왕 선생님이 옷을 훌훌 벗자 나는 눈을 어디다 둬야 할지 몰라 바닥에 시선을 고정시켰다.

그저 왕 선생님의 탄탄한 등을 따라 젖은 대리석 바닥으로 발을 내디뎠다.

돌로 만들어진 욕조에는 따뜻한 김을 뿜어내는 물이 찰랑거리고 있었다.

왕 선생님이 먼저 욕조에 몸을 담그더니 '들어오세요' 라고 말하며 나를 욕조로 불렀다.

나는 머뭇거리며 욕조 물에 손을 대봤지만 금세 '뜨거워……!' 하며 몸을 움츠렸다.

"사십일 도밖에 안 돼요. 레이코 씨의 몸이 너무 차서 그래요. 따뜻이 데우면 금방 괜찮아질 거예요."

왕 선생님은 날 달래서 욕조에 담근 후 뒤에서 다정하게 날 감싸 안았다.

그가 이끄는 대로 얌전히 안기면서도 불안했다.

왜 이렇게 다정하지?

왜 화 안 내지? 이상하게 더 무서워…….

왕 선생님이 잠자코 고개 숙인 내 팔을 위로하는 것처럼 쓰다듬으며 말문을 열었다.

"어땠어요, 레이코 씨? 제 제자들의 '맛' 이."

아.

어떻게 된 일인지 단번에 알았다.

"…절 시험했군요."

"부적절한 표현이군요. 치료라고 해주세요."

왕 선생님이 마치 촉진을 하는 것처럼 손가락으로 가만히 내 가슴 언저리를 어루만졌다.

"어때요? 이제 가슴은 안 아프죠?"

그러고 보니 그 사람한테 배신당한 괴로움은 어디론가 사라져 버렸다.

하지만…….

대신 찾아온 씁쓸한 감정.

쾌락이라는 덫에 보기 좋게 걸려 버린 모습을 고스란히 들키다니.

내 마음을 읽은 듯 왕 선생님은 부드럽게 말했다.

"어혈을 개선하기 위해서는 일단 느긋하게 목욕을 하는 게 좋아요. 특히 지금처럼 쌀쌀해진 계절에는 샤워만으로는 부족하죠."

응어리져 있던 가슴 중앙을 따뜻한 손으로 어루만진다.

"밤에 잘 때는 가능한 한 바지로 된 잠옷을 입어요. 그리고……."

왕 선생님이 잠깐 한숨을 쉬며 말을 한 박자 쉬었다.

"…여러 번 강조했으니 말 안 해도 알겠죠. 노출이 심한 복장은 피하는 게 좋아요. 남자는 직업여성에게 일종의 평온함을 느끼지만, 그런 스타일의 여성에게 애정을 표하진 않는답니다."

"……."

"스스로를 좀 더 소중하게 대하세요. 몸도 마음도……. 여성은 사랑받기 위해 태어난 존재라는 사실을 잊지 마세요."

찰팍찰팍. 욕조 너머로 물이 흘러넘치는 소리가 수증기 가득한 욕실에 울려 퍼졌다.

말없이 생각에 잠긴 나를 위로하듯, 왕 선생님은 첨벙거리는 소리와 함께 욕조에서 날 안아 일으켰다.

"자, 몸을 씻어 드릴게요."

"엣! 아니에요, 그런……!"

"괜찮아요."

왕 선생님이 손으로 비누거품을 만들어 냈다. 욕실에 달콤한 복숭아 향기가 퍼졌다.

"중국에서 복숭아는 악귀를 쫓는 과일로 통한답니다. 이 복숭아 향기가 언제나 당신을 나쁜 것으로부터 지켜줄 거예요."

왕 선생님은 그렇게 말하면서 손으로 내 몸을 문지르기 시작했다.

격렬한 정사의 여운이 남아 있던 피부가 다시 바짝 긴장했다.

"아, 아……! 그만……!"

"복숭아에는 어혈에 효과가 좋은 성분도 있어요. 혈액순환을 원활하게 만들어 주지요."

왕 선생님이 가슴을 빙글빙글 문지르자 나도 모르게 몸을 비틀며 낮게 신음했다.

안… 돼, 몸이 또 멋대로 흥분할 것 같아……!

의자에서 미끄러져 내리려는 날 꼭 감싼 채로, 왕 선생님은 더욱 집요하게 내 몸 여기저기로 손을 뻗었다.

구석구석까지 깨끗이 씻어내려는 것처럼.

"서, 선생님……! 그, 그만……!"

딱 한 군데, 손가락만 묶였을 뿐인데도 몸이 마음대로 움직이지 않았다.

내 사타구니 사이로 미끄러져 들어온 왕 선생님의 손가락이 꽃주름을 한 겹 한 겹 확인하듯 어루만졌다.

"앗……! 아, 아아……!"

난 그저 몸을 이리저리 뒤틀며 물이 살짝 넘쳐흐르는 대리석 바닥에서 몸부림칠 뿐이었다.

커다란 손바닥이 가슴을 부드럽게 어루만지더니, 검지와 엄지가 유두를 꼭꼭 씻어냈다.

"…아! 하, 하지 마세요……!"

내 몸은 도대체 어디까지 난잡한 걸까.

두 소년에게 몸을 내주고 온갖 음란한 짓을 다 한 뒤에 이제 더 이상은 무리라고 생각했으면서.

또 이렇게 입을 벌린 채 달뜬 숨을 내뱉고 있다니…….

"발도 씻어줄게요."

왕 선생님이 무슨 생각을 하고 있는지 도무지 알 수 없

었다.

마치 개처럼 목줄까지 채워서 굴욕을 줘놓고,

이번에는 날 숭배하는 것처럼 발끝에 입을 맞춘다.

왕 선생님이 손바닥으로 마사지하는 것처럼 발등에서 무릎까지 쓸어 올리자 나는 다시 한 번 몸을 바르르 떨었다.

거품 묻은 손가락이 발가락을 하나하나 간질이듯 씻어냈다.

"아아……! 선생님…… 선생님! 왜……?"

어째서 이러시는 거예요……?

"…당신과 꼭 닮은 사람을 알고 있어요. 아직 제가 수업 중일 때 만난……."

사우나처럼 숨이 턱턱 막히는 수증기 속에서 몽롱하게 신음하는 내 귓가에 왕 선생님의 속삭임이 스며들었다.

"그 환영이 저를 사로잡았는지도 몰라요."

그 목소리는 조금 자책하는 투였다.

"의사로서 냉정해야 하는데 왠지 화가 났어요. 그래서 가두고 싶었어요. 레이코 씨 당신을……."

"가둔… 다고요……?"

왕 선생님의 손가락이 우거진 수풀 위로 작게 원을 그렸다.

검은 그곳에 하얀 거품이 보글보글 일었다.

나지막이 신음하는 내 사타구니에 손을 뻗으면서 왕 선생님은 말을 이었다.

"네. 저만이 당신을……."

이렇게 사랑해 주고 싶어서…….

그럼 왜 제자들이 절 범하도록 내버려 뒀죠?!

반라의 상태로 그렇게 내버려 두면 그런 일을 당할 게 뻔한데……!

—왕 선생님에 대한 원망이 목구멍 속에서 빙글빙글 회오리쳤지만 내뱉을 수가 없었다.

…이미 왕 선생님의 입술로 틀어 막히고 만 것이다.

"으…… 응…… 아아……."

입안으로 부드럽게 스며드는 따스한 혀.

순간 나는 왕 선생님을 얼싸안을 수 없는 게 너무 안타까웠다.

이 실, 풀어줘요.

당신을 안고 싶어요…….

"서, 선생님……."

"눈 감아요."

다리 사이로 왕 선생님의 사타구니가 닿자 무슨 일이 일어날지 알 수 있었다.

두터운 가슴팍이 거품과 함께 부드럽게 내 품으로 미끄러져 들어왔다.

"아…… 아앗……!"

왕 선생님의 단단한 분신이 별다른 저항 없이 내 은밀한 동굴 속으로 파고들었다.

하지만 그 사람보다도, 론보다도, 훨씬 크고 뜨거운 욕망의 기둥이었다.

아아, 들어오고 있어……!

뜨거워……! 너무나 뜨거워……!!

땀과 수증기가 뒤섞여 관자놀이에 머리칼이 들러붙었다.

입술을 깨물고 달콤한 침입자가 파고드는 충격을 이겨냈다.

날 붙든 왕 선생님의 손가락이 아플 정도로 내 살을 짓눌렀다.

왕 선생님이 거칠게 목덜미를 빨고 이로 물어뜯는 바람에 절로 젖은 신음이 터져 나왔다.

왕 선생님의 턱이 닿자 목덜미의 자물쇠에서 찰캉거리는 쇳소리가 울렸다.

"우린 연결돼 있어요……."

왕 선생님이 입으로는 내 목덜미를 헤집으면서 손으로는 내 다리를 더 크게 벌렸다.

그의 남성이 더욱 깊은 곳으로 파고들었다.

움직임 없이 그저 조금씩 더 깊숙한 곳으로 들어올 뿐이었다.

마치 내 몸에 쐐기를 박듯이.

"아아…… 아아아아……!"

…선생님……!

제발 이대로…….

자욱한 수증기 속에서 난 그렇게 빌었다.

제발 이대로 돌려보내지 말아요.

계속 선생님과 있고 싶어요!

하지만,

이미 늦었다.

왕 선생님이 내 팔을 잡더니 눈앞에 내 엄지손가락을 쳐들었다.

손수 감아준 붉은 실.

날 잡아 매려고 했으면서.

길게 뻗은 눈이 어딘지 슬픈 빛으로 날 바라보더니 손가락으로 매듭의 끝을 잡었다.

안녕.

8.

왕 선생님이 묶어준 붉은 실.

눈앞에서 그것이 맥없이 풀리는 것을,

그저 멍하니 바라봤다.

안녕.

정신을 차리니 난 내 방 침대에서 자고 있었다.

꿈……?

두통약을 너무 많이 먹었을 때처럼 몽롱해서 눈도 잘 떠지지 않았다.

하지만…….

꿈일 리가 없어……!

무거운 몸을 겨우 일으켜 세우고 머리맡의 등을 켰다.

엄지손가락을 확인해 봤다.

그래, 이것 봐……!

어렴풋이 매듭의 흔적이 남아 있었다.

이어서 목으로 손을 가져갔다.

아무것도 없는, 그저 피부만이 만져졌다.

목줄이 없어…….

하지만…….

손거울로 확인해 봤다.

역시 흔적이 남아 있었다.

목덜미는 가죽이 쓸린 탓인지 따끔따끔 쓰라렸다.

어쩐지 기억의 표면까지 거칠거칠해진 느낌이었다.

왜?

왜 내가 집에 있지?
이제 왕 선생님을 만날 수 없는 거야……?

초조함에 사로잡힌 채 난 다시 깊은 잠에 빠져들었다.

*　　　*　　　*

"와! 아이스크림이다～ !"
비서실의 후배가 환성을 질렀다. 손님이 아이스크림을 사 들고 온 모양이다.
"선배님은 어느 걸로 드실래요?"
"괜찮아. 난 안 먹을래."
"왜요～ ? 치사하게 혼자만 다이어트 하려고요?"
"아니야. 한동안 몸을 차갑게 하지 않으려고 그래."
왕 선생님이 말했다.

「어혈이 개선될 때까지 차가운 건 피하세요.」
「생야채 샐러드 대신 데운 야채를 드세요. 차갑게 식힌 맥주는 마시면 안 돼요. 아이스크림도 너무 많이 먹지 말고요.」

그리고 장난스럽게 미소 짓던 다정한 눈동자.

「아이스크림이 제일 참기 힘들겠죠?」

그로부터 벌써 한 달이 지났는데 난 아직도 왕 선생님을 떠올리고 있었다.

하지만 치료를 위해 배웠던 것 이외에는 모든 게 다 어렴풋해서, 진료실의 위치마저 기억해 낼 수 없었다.

심지어 나중에 다시 찾아본 인터넷 사이트도 없어져 있었다.

마치 그곳에 있었던 모든 일이 꿈이었던 듯, 그러나 부분부분 생생한 기억만은 남겨 놓은 채 사라졌다.

"저도 요즘 손발이 찬 것 같아요."

후배의 한마디가 상념에서 나를 되돌렸다.

"초기에 빨리 손을 써야 해. 아무래도 식생활이 중요하겠지? 고기는 닭고기나 양고기가 좋대. 그리고 생강이랑 파를 듬뿍 먹고……."

왕 선생님에게 들은 이야기를 전해주자, 후배가 감동한 얼굴을 했다.

"피곤할 텐데 집에서 요리까지 하시다니 대단하세요. 도시락도 계속 싸오시고."

"한 달만 해보려고 했는데 꽤 익숙해졌네. 좀 더 계속해 볼까 해."

데이트한다고 나가서 먹을 일도 없고, 자조적으로 그렇게 중얼거렸다.

하지만 쓸쓸한 마음은 들지 않았다.

도리어 한 달이 지난 지금은 이런 생활에 꽤 만족하고 있었다.
복장에 신경을 쓰고, 목욕도 천천히 오래도록 하면서 몸을 따뜻하게 하려고 노력한 덕일까.
언제나 삼십오 도 정도였던 체온이 삼십육 도대로 올라가 있었다.
그리고 고민이었던 피부 트러블도 없어지고, 눈가의 다크 서클도 옅어진 것 같았다.
무엇보다 사소한 일로 울컥하지 않게 됐다.

「어혈이 개선되면 '기'의 순환도 좋아지기 때문에 기분이 맑아지고 표정도 밝아져요.」

우울함이 사라진 것도 좋은 경향이다. 하지만…….
거울을 볼 때마다 자꾸 왕 선생님이 떠올랐다.
화장을 할 때나, 화장실에서 손을 씻거나, 쇼윈도에 비춰진 내 모습을 볼 때마다.

「당신과 꼭 닮은 사람을 알고 있어요…….」

그녀는 왕 선생님이 사랑한 사람이었을까.
차가운 거울을 마주할 때마다 마음이 아파서 눈을 감았다.
…난 왕 선생님의 연인이 되기에 부족한 사람일지도 몰라.

*　　　*　　　*

비서실의 주요임무 중 하나는, 오전 시간 중 사장님에게 하루 스케줄을 보고하는 일이었다.

"열 시부터 임원진 미팅과……."

사장님이 고개를 끄덕이며 듣던 도중,

똑똑.

사장실을 두드리는 노크 소리가 났다.

문이 열리면서 두 번 다시 마주하고 싶지 않은 얼굴이 들어왔다.

"해외구매부 키타지마입니다. 내일부터 해외근무를 가게 돼서 출발 전에 인사드리러 왔습니다."

그 사람은 아첨하는 듯 구십 도로 허리를 구부리면서 날 힐끗 쳐다봤다.

어이없게도 그 사람은 그날 이후 몇 번이나 내게 추파를 던졌다.

「요새 왠지 좋아 보여. 무슨 일 있었어?」

반지까지 빼앗아간 사람이 이제 와서 뭘 어쩌자고?

예전의 나라면 딱 잘라 거절하지 못하고 못 이기는 척 끌려갔을지도 모른다.

하지만 지금은 아니었다.

그 사람이 사장님에게 인사를 하는 동안 나는 아무렇지 않게 고개를 돌리고 창밖을 응시했다.

옆얼굴로 나를 쏘아보는 눈빛이 느껴졌다. 하지만 난 결코 돌아보지 않고, 그의 인사가 끝나기를 기다렸다.

"그럼, 가보겠습니다."

"잘 다녀오게."

문이 닫히고 그 사람이 사라졌다. 그때까지도 고개는커녕 마음조차 전혀 움직이지 않았다.

나는 스스로를 대견하게 여기며 하던 보고를 계속했다.

하지만 순간적으로 가슴에 떠오른 망상, 혹은 기억?

거칠거칠한 거울 너머의 풍경.

목줄을 찬 내가 날 외면한 넓은 등에 대고 애원하고 있다.

선생님, 선생님. 제발…… 선생님…….

사슬을 달아주세요, 저한테만.

목을 가누지 못할 정도로 무거운 것으로.

왕 선생님이 보고 싶었다.

다시 가슴에 바람이 불었다.

어혈은 분명히 나았는데, 언제까지나 나를 얽어매고 있는 의문.

선생님, 사실은 절 어떡하고 싶었던 거예요……?

근무 시간 사이, 잠깐 짬이 난 동안 옆자리의 후배가 의자를 끌고 사삭 다가와 낮게 물었다.

"선배님, 영업부 타나카 씨가 선배님한테 애인이 있는지 없는지 묻던데요?"

"흐응. 그래?"

"에—! 그뿐이에요?!"

그러게. 그뿐이네.

쓴웃음을 지으며 업무를 계속했다. 마음이 전혀 움직이지 않았다.

마치 보이지 않는 족쇄를 찬 것처럼 왕 선생님, 당신의 말을 지키며 보내는 매일매일.

규칙적이고 안정적인 생활은 지금까지 맛보지 못했던 컨디션 호조와 평온함을 가져다주었다.

하지만 마음이 너무 안 움직이는 것도 곤란한데.

…이제 왕 선생님을 더 이상 만날 수 없는 거라면.

그렇게 생각하면서도, 난 천천히 지나가는 하루하루를 보냈다.

왕 선생님의 말을 지키며, 하루를 충실하게.

올곧이 나에게 투자하는 시간이 흐르고, 새해가 지났다.

눈이 내리고, 다시 해가 뜨고, 그리고 어느새 발렌타인데이가 다가올 무렵.

경제 잡지의 표지 촬영을 위해 사장님을 모시고 찾아간 시내의 스튜디오에서,

난 왕 선생님을 발견했다!

"왕 선생님……!"

아, 아니네…….

달려가다가 금방 깨달았다.

이쪽을 돌아보는 그 얼굴은, 왕 선생님보다 훨씬 무섭고 불쾌한 표정을 짓고 있었다.

"뭐죠?"

목소리도 전혀 달랐다. 그런데도 착각하다니, 너무나 부끄러웠다.

"죄송해요. 사람을 잘못 봤어요."

포토그래퍼인가? 되게 까칠하네.

내가 미쳤지, 자세히 보니 하나도 안 닮았는데…….

스스로를 어이없어하며 스튜디오 구석의 의자에 앉았다.

사장님의 촬영이 시작됐다.

좀 전의 포토그래퍼는 전혀 달라지지 않은 표정으로, 진지하게 촬영을 이어 나갔다.

촬영을 구경하던 후배가 말을 걸었다.

"저 사람 멋있죠?"

"글쎄……. 그런 것 같기도 하네."

내가 왕 선생님과 착각했을 정도니.

하지만 얼굴보다는 존재감이 닮은 것 같았다.

아무 말도 없이 카메라 렌즈만 뚫어져라 보고, 필요한 지시만 내리는데도, 온 스튜디오의 시선이 그에게 향해 있다.

후배가 자랑이라도 하듯 말했다.

"저 사람, 해외에서 엄청난 상을 받은 사람이래요. 일본에서는 별로 지명도가 없지만.”

“흐응.”

딱히 뭐라고 답할 수도 없어 콧소리만 낸 그때,

뷰파인더를 응시하던 눈이 이쪽을 홱 돌아봤다.

“!”

가만히 노려보는 눈빛에 나도 모르게 움찔했다. 이런, 너무 시끄러웠나?

그 사람의 눈이 다시 카메라를 향하자 우리는 가슴을 쓸어내렸다.

“무섭네요…….”

“그러게…….”

그러니, 당연히 마음에 미동도 생기지 않았다.

촬영을 마친 그 사람이 우리 쪽을 향해 저벅저벅 걸어오기 전까지는.

“당신, 모델 한번 안 해볼래요?”

“네?”

그 말은 나를 향해 있었다.

갑작스러운 질문에 나는 눈을 둥글게 떴고, 옆에 있던 후배가 ‘와! 선배님 대단해요—!’ 하고 자기 일처럼 환호성을 질렀다.

그 사람이 시끄럽다는 듯 눈썹을 찌푸렸다. 하지만 다시 정색을 하고 말을 이었다.

“대단한 건 아니에요. 지금 콩쿠르에 출품할 작품을 제작하고 있는데, 당신이 그 이미지에 적격이에요. 부탁이에요.

사례로 식사 대접 정도밖에 못하겠지만…….”
말이 엄청 빠르네. 이 와중에도 나는 그런 생각을 하고 있었다.
왕 선생님은 좀 더 천천히 말했는데.
“…관심 없나 보네.”
갑자기 낮게 깔리는 목소리.
설마 화났나?
진짜로 내가 응하길 원하는 건가?
얼마간의 침묵 후 난 눈을 들어 그를 똑바로 쳐다봤다.
“시간을 좀 주세요. 내 사진이 어딘가에 걸리는 거라면, 잘 생각해 보고 대답하고 싶으니까.”
그 사람이 초조한 표정을 지었다.
“…그렇게 말해 놓고 나중에 연락이 없으면?”
“약속은 지켜요. 일주일 안에는 꼭 연락드릴게요.”
그 사람이 안심한 듯, 하지만 갑자기 긴장한 듯 자세를 고치고 명함을 내밀었다.
“알았어요. 그럼 이리로 전화나 메일 줘요. …긍정적인 대답 기다릴게요.”
그렇게 말하면서 나를 똑바로 응시하는 그 눈은,
역시 왕 선생님을 닮은 것 같았다.
진지해질 때의 존재감이 눈부시게 빛났다.
“그럼 실례할게요.”
매정하게 등을 돌리면서 생각했다. 마음은…… 움직일까?

아직 모르겠어요, 왕 선생님.
저는 아직도 보이지 않는 족쇄에 묶여 있어요.
하지만, 뭔가 새로운 것이 시작될 듯한 예감이 들어요.
지금까지와는 다른 내가.

다이어트
사랑받기 위해 녹아드는 몸

1.

도쿄 것들이 을매나 무서운지 몰러.
잘 혀, 눈 뜨고 코 베어 가는 사람들이니께.
이루고 싶은 꿈이 있잖여!

문진표에 적힌 한자—'丸山姫奈'를 보더니 왕 선생님은 확인하려는 것처럼 내 이름을 불렀다.

"마루야마…… 히메나 씨?"

"히나, 라고 해유. 드문 이름이지라?"

"그렇군요. 실례했습니다."

"괜찮아유. 한 번에 읽는 사람 못 봤응께."

그렇게 말하면서 방긋 웃자 왕 선생님은 피식 웃음을 터뜨렸다. 눈빛이 부드럽게 누그러졌다.

"무척 잘 어울리는 이름이군요. 통통 튀고 귀엽고 여성스러워요."

"에— 그런가유?"

나는 배시시 웃으며 멋쩍어했지만, 금방 다시 정색했다.

어차피 알고 있다. 저것은 그냥 인사말이여…….

"이야……. 도쿄 사람들은 참말로 무서워유."

"갑자기 무슨 말씀인지……?"

"다들 어찌나 말들을 잘 허는지~ "

그러면서 얼마 전 몰래 들어버린 미용실 동료들의 뒷담화를 떠올렸다.

「동글이 재 먹어도 너무 먹지 않아? 신경도 안 쓰이나?」

「허벅지 같은 데 봐. 장난 아니야.」

그렇게 말하면서 자기들끼리 키득키득 웃었다.

내 앞에서는 귀엽다고 했으면서.

못 들은 걸로 치고 넘어가려 했지만 자꾸만 우울해졌다.

그리고 그 이후, 여러 가지가 신경 쓰이기 시작했다.

"선상님. 직장에서 사람들은 지를 동글이라고 불러유."

"호오. 귀여운 별명이군요."

"귀엽기는! 지를 놀리는 게 분명해유!"

이름에 들어가는 둥글 환(丸) 자 때문에, 처음에는 단순히 귀여운 애칭으로 불러주는 줄 알았다.

하지만 그 대화를 듣고 난 후,

언젠가부터 그렇게 들리기 시작했다.

"지를 뚱뚱하다고 놀리는 게 분명하다고유!"

왕 선생님이 눈을 둥그렇게 떴다.

"어디가요? 히나 씨는 전혀 안 뚱뚱해요. 오히려 좀 더 쪄도 될 것 같은걸요."

"농담이 아니라!"

나는 파르르 떨며 흥분하기 시작했다.

"선상님. 미용사한테 이미지가 얼마나 중요한지 아셔유?"

벌떡 일어서서 힘주어 말했다.

그랴. 어떻게든 살 빼는 약을 얻어내야 혀!

"우리 미용실은 잡지에도 많이 실린단 말여유. 인기 미용사가 되려면 좀 더 말라야……."

왕 선생님이 고개를 갸우뚱했다.

"미용사에게 제일 중요한 건 실력 아닌가요?"

"그, 그거야 그렇지만서도……."

순간 말문이 막혔지만 다시 한 번 마음을 다잡았다.

정신 차려야 혀! 까딱하다가는 살 빼는 약을 못 얻을지도 몰러!

"이미지도 중요해유! 이 사람한테 머리를 맡기고 싶다~ 싶어야 손님이 들지 않겄어유?!"

"흐음……."

"아시겄지유? 그랑께 선상님, 살 빠지는 약을 좀……."

딱히 납득하지 못한 듯 고개를 갸웃거리던 왕 선생님은,

"살이 빠지는 약은 없습니다."

단호한 어조로 그렇게 말했다.
디———잉…….
온몸에 갑자기 힘이 쭉 빠지는 것 같았다.
뭐여?
여자의 고민을 즉각 해결해 준다믄서???
그래서 인터넷에서 힘들게 찾아서, 부끄러움을 무릅쓰고 이렇게 온 건데!
화를 내고 싶은 기분으로 노려보았지만, 왕 선생님의 태도는 변하지 않았다.
"먹기만 하면 살이 빠진다고 하는 약은 몸의 어딘가에 부담을 줄 수밖에 없습니다. 전 그런 약을 처방하지 않겠다는 원칙을 가지고 일하고 있습니다."
왕 선생님이 가슴을 폈다.
하아…… 시방 그따구 원칙 타령할 때가 아니라~ !
난 땅이 꺼질 것 같이 한숨을 내쉬며 이마에 손을 얹었다.
"…참말로, 장난 아니란 말여유, 지가."
"뭐가요?"
왕 선생님이 내 몸을 힐끗 바라봤다.
"아니…… 옷을 입었을 때는 잘 모르지만서도 벗으면………."
"그럼 벗어서 보여주세요."
"예……?"
왕 선생님의 말에 난 깜짝 놀라서 되물었다.
이 선생이 지금 뭐라는 거여……?

왕 선생님은 얼굴색 하나 변하지 않고 같은 말을 뒤풀이했다.

"벗어보세요. 몸을 보여주세요."

헉! 몸을 보여달라니……!

"시방 무슨 말씀을 하시는 거여유……?!"

나는 황급히 가슴을 가리면서 왕 선생님에게서 이십 센티 정도 뒷걸음질 쳤다.

왕 선생님이 빙긋 웃었다.

"부끄러운가요?"

"다, 당연하지유!"

오늘 처음 본 외간 남자한테, 아무리 의사라지만 벗어보라는 말을 들었는데 부끄러운 게 당연하지!

웃음을 지우지 않고, 왕 선생님은 말했다.

"진찰이에요."

놀리는 것 같은 시선.

하지만 그 목소리는 너무나도 진지했다.

"물론 싫다면 안 하셔도 돼요. 히나 씨가 살을 빼고 싶다고 하니까 진찰을 해보려 했을 뿐이에요. 싫으면 그대로 집으로 돌아가시면 됩니다."

왕 선생님은 그렇게 말하면서 손끝으로 문을 가리켰다.

난 다시 말문이 막혔다. 진지한 만큼, 나가도 좋다는 말 또한 진심으로 보였다.

이거 혹시…… 성추행 아니여?

또 놀림 받는 거 아니여?

아니면 참말로…….
"…살 빼는 약 줄 거지유?"
"그런 약은 없다니까요. 하지만……."
왕 선생님이 미소 지었다.
"진찰해 보면 히나 씨의 체질에 맞는 치료법을 찾을 수 있을 거예요. 그 결과, 살도 같이 빠지겠지요."
"참말이지유……?"
나는 다시 한 번 다짐을 받으려 했고, 왕 선생님은 고개를 끄덕였다.
그, 그랴…….
마음을 굳게 먹고 옷에 손을 댔다.
하지만…… 난 여전히 머뭇거리며 선뜻 옷을 벗지 못했다.
커다란 창문 사이로 겨울 햇살이 따뜻하게 쏟아져 들어오고 있었다.
이렇게 밝은 방 안에서…….
내 눈짓을 읽었는지 왕 선생님이 물었다.
"커튼을 쳐 드릴까요?"
"그, 그래 주실래유……?"
왕 선생님이 소파에서 일어나 창가로 걸어갔다.
좌악, 하는 소리와 함께 커튼이 쳐지자 방 안이 금세 어두컴컴해졌다.
아…….
이게 아닌데.
방 안이 어두컴컴해지자 갑자기 침대가 특별한 의미를 가진 존재처럼 느껴졌다.

인터넷에서 이 치료소를 찾았을 때, 어느 정도 이야기는 들었다. 이곳에서 하는 진찰, 치료에 대해서…….

왕 선생님이 자리에 못 박힌 채 움직이지 못하고 있는 나를 향해 일어섰다.

"자. 벗어봐요. 아니면 벗겨 드릴까요?"

왕 선생님의 손이 내 스웨터로 뻗었다.

난 당황해서 그 손을 뿌리쳤다.

"호, 혼자서 할 수 있어유!"

왕 선생님이 피식 웃음을 터뜨렸다.

"씩씩한 아가씨로군요."

그 음색에 왠지 얼굴이 화끈 달아올랐다. 난 이상한 기분을 떨쳐 버리기 위해, 일부러 과감하게 상의를 확 벗어젖혔다.

왕 선생님이 내 몸을 물끄러미 바라봤다.

"속옷 위에 아무것도 안 입고 다니나요?"

"예?"

"내의를 안 입으면 몸이 차가워져서 대사가 나빠져요."

왕 선생님은 그럴싸한 말을 내뱉으면서, 어딘가 음란한 눈빛으로 내 가슴을 찬찬히 훑어봤다.

"자. 아래도 벗어봐요."

"아, 아래도……?"

"네, 물론이죠."

왕 선생님이 재촉했다.

벨트를 달칵거리며 끄르는 손끝이 떨려왔다.
청바지를 벗으려는 찰나, 왕 선생님이 후후…… 하고 미소를 흘렸다.
"풍만한 가슴이군요. 멋져요."
"아, 안 그래유……."
부끄러워서 어깨를 비틀고 몸을 움츠렸다. 배를 보이기 싫어서 손으로 가렸다.
"가슴이 크니까 더 부해 보인단 말여유."
"그렇지 않아요."
"참말로요……. 상경하고 나서 오 킬로나 쪘단 말여유……."
"이게요?"
왕 선생님의 시선이 내 몸을 훑었다. 어두워서 표정이 잘 보이지 않아, 오히려 더욱 불안해졌다.
아랫배 쪽이 뭔가 간질간질한 그런 기분.
"그럼 자세히 보여주세요."
벗은 청바지를 바닥에 내려놓자 왕 선생님이 내 쪽으로 다가왔다.
너무 어색해서 고개를 숙이고 눈을 감았다.
"됐지유……?"
"아직이에요. 더 자세히 봐야 해요."
시선이 살 속으로 파고드는 것 같았다.
신발을 신은 채로 서 있는 게 수치심을 더더욱 부채질했다.

"귀여운 속옷이네요. 하얀 레이스라……."
"쓰, 쓰잘데기 없이……!"
"쓰잘데기? 아아, 쓸데없는 소리 말라고요?"
왕 선생님이 천천히 내 주변을 돌았다. 일부러, 부끄러워 어쩔 줄 모르는 나를 놀리는 것처럼.
"이, 이제 됐지유……?!"
"아뇨. 아직 안 끝났어요."
왕 선생님이 갑자기 내게서 멀어지더니 다시 소파로 가 앉았다.
그리고 탁자에 놓은 술잔을 잡더니 한쪽 팔을 살며시 등받이 쪽으로 기댔다.
"귀여운 사람이군요. 독특한 말투도, 공주님 같은 도도함도."

자아, 저한테
모든 것을 보여주세요.
어서요…….

2.

"차, 참말로 진찰인 거지유……?"
허벅지를 꼬고 팔로 몸을 가리면서 난 왕 선생님에게 재차 물었다.

왕 선생님은 술잔 속의 호박색 액체를 한 모금 기울여 마시면서 날 향해 빙긋 웃었다.

"네. 진찰이에요. 그 증거로, 보세요, 저는 히나 씨한테 손끝 하나도 대고 있지 않잖아요."

그렇게 말하면서 왕 선생님은 긴 다리를 꼰 채로, 등받이에 팔꿈치를 기대고 관자놀이에 손가락을 댔다.

그 모습은 의사라기보다 옛날 홍콩 영화에 나오는 배우 같아서, 나는 더더욱 얼굴을 붉혔다.

이렇게 잘생긴 사람 앞에서 옷을 벗으라니……!

"보기만 할 거예요, 공주님[姬]."

"요, 요상시럽게 부르지 말아유……!"

"그래요? 사실은 그렇게 불리고 싶은 거 아니에요? '동글이'가 아니라."

짓궂은 목소리에 입술을 깨물었다.

"그렇죠? 공주님."

왕 선생님의 얼굴에 더더욱 미소가 번졌다.

"제가 당신을 변신시켜 드리죠. 더 아름다워지도록."

진짜 공주님이 될 수 있어요.

나는 뚫어져라 쳐다보는 시선을 당하지 못하고 눈을 내리깔았다. 그리고는 슬금슬금 팔을 뒤로 둘렀다.

떨리는 손가락을 가만히 속옷의 후크로 가져갔다.

하지만…….

"여, 역시 무리여!"

나는 왕 선생님을 등지고 빙글 돌아 방 끝의 벽으로 달려갔다. 그리고는 벽에 딱 붙어 몸을 움츠렸다.

무리여, 이런 거!

이게 무슨 진찰이여!

진찰이 아닌 것 같단 말이여!

…내 기분이.

"항복인가요?"

달칵, 하고 술잔이 탁자에 놓이는 소리가 났다.

나는 움찔해서 몸을 더욱 움츠렸다.

왕 선생님이 다가오는 기척이 났다.

그가 내 쪽으로 천천히 걸어오고 있었다.

벽에 비친 왕 선생님의 그림자가 점점 더 커지고 있었다.

그 그림자가 날 완전히 덮더니, 희미한 빛마저도 모두 가로막았다.

왕 선생님이 뒤에서 팔을 뻗더니 내 얼굴 바로 앞 벽에 손을 얹었다.

"보이는 것과는 달리 순진하네요."

왕 선생님이 귓가에 속삭이자 온몸에 전율이 쫙 돋았다.

어, 어떡하지…….

이거, 보통 일이 아닐 것 같은디……!

"그렇게 떨지 말아요."

왕 선생님의 숨결이 귓가를 간질였다. 불시에 당한 일격에 어깨가 흠칫 하고 떨렸다.

"후, 아하……."

"후후. 귀엽군요. 자꾸 놀리고 싶어져요."

"아아……."

나는 패닉에 빠져 더욱 벽 쪽으로 달라붙었다.

차가운 느낌이 뺨에 닿았다.

"왜 그렇게 겁을 내죠? 말했잖아요. 히나 씨한테는 절대 손 안 대겠다고."

그렇게 말하면서 왕 선생님은 내 속옷의 후크에 손가락을 쿡 찌었다.

그러자 툭, 하고 후크가 풀리더니 답답하게 갇혀 있던 가슴이 밖으로 쏟아져 나왔다.

"아아앗! 거짓말쟁이……!"

나는 당황해서 얼른 가슴을 감싸 안았다.

왕 선생님이 후훗, 하고 웃었다.

"무슨 말씀을. 히나 씨한테는 손끝 하나 안 댔잖아요?"

낮게 속삭이는 짓궂은 목소리.

"그냥 속옷만 살짝 건드렸을 뿐이에요. 그리고, 손끝 하나 안 대겠다고 했지만……."

왕 선생님의 입술이 귓불에 닿았다.

"아……!"

"입술도 안 대겠다고 하진 않았어요."

"아, 아…… 아……."

왕 선생님의 입술이 닿을 듯 말듯 귀를 간질였다.
그러다,
젖은 혀가 가만히 귓가로 스며들었다.
"히이……! 윽……!"
귓가를 할짝거리던 혀가 머리칼을 지나 목덜미까지 미끄러져 내려왔다.
아, 아, 아아아…….
나는 몸을 꼭 껴안고 낮게 신음하며 더더욱 깊숙이 벽 쪽으로 몸을 기댈 수밖에 없었다.
왕 선생님의 혀가 목덜미와 머리칼 사이를 수도 없이 오르내리며 애간장을 녹였다.
그러더니 등줄기로 미끄러져 내려와 가벼운 입맞춤을 퍼부었다…….
"히익……! 으…… 하아……."
"느낌이 오나요?"
내 변화를 알아챈 왕 선생님이 입을 열었다.
아니라고 하고 싶었지만, 이미 눈앞이 어질어질하고 다리가 후들거렸다…….
"서, 선상님……."
"왜 그러시죠?"
원망스러울 정도로 여유로운 목소리.
왕 선생님이 견갑골을 부드럽게 핥기 시작하자, 난 더 이상 견딜 수가 없어졌다.
"서, 선상님…… 지는……."

"앞을 봐요."

아…….

시키는 대로 왕 선생님을 향해 돌아서서 벽에 기대자 등줄기를 따라 차가운 벽이 느껴졌다.

"손끝 하나 대지 않았죠?"

왕 선생님이 벽을 짚은 채로 코끝을 들이밀었다.

…키스, 하는 건가?

반사적으로 눈을 내리깔았다.

하지만 입술이 다가오는 기미가 없었다.

에?

당황해서 눈을 들었다.

그 순간 왕 선생님의 입술이 들이닥쳤다.

"으읍……. 하아아…… 으…… 후읍……."

아무런 접촉 없이 키스만 하는 건 어딘가 불안정해서 난 왕 선생님의 옷깃을 꼭 붙잡았다.

왕 선생님의 호령이 떨어졌다.

"놓으세요."

뭐 땀시? 그렇게 생각했지만.

주춤거리며 왕 선생님의 옷깃을 잡고 있던 손을 풀고 아래로 내려 벽을 짚었다.

키스를 할 때 어디에 손을 둬야 할지에 대해서는 생각해 본 적도 없었다.

하지만 어디에도 손을 대지 않는 게 이렇게 불안한 느낌일 줄이야.

그 대신, 맞닿은 입술을 통한 일체감이 더욱 강하게 느껴졌다.

살짝 고개를 들고 오른쪽으로 얼굴을 돌려 왕 선생님에게 입술을 맡겼다.

입술 사이로 스며 들어온 따뜻한 혀를 받아 삼키며, 그 움직임에 맞춰 반응했다.

그런 상태로 얼마나 오랫동안 키스를 나눴을까.

찰팍, 하고 물빛 여운을 남기며 왕 선생님의 입술이 떨어졌다. 나는 몽롱해져서 희미하게 눈을 떴다.

왕 선생님의 숨결이 약간 거칠어져 있었다.

그리고 조금 화난 것처럼 쏘아보는 저 눈동자.

"…움직이지 말아요."

흥분을 참는 것 같은, 아까와는 전혀 다른 음성이었다.

갑자기 허리께로 묵직한 자극이 느껴져 눈을 내리깔았다.

진한 회색 바닥에 어느새 팔에서 미끄러져 내린 새하얀 속옷이 널브러져 있었다.

그리고, 검게 칠해진 손톱.

왕 선생님의 입술이 목덜미를 덮치자 이번에는 천장을 올려다봤다.

어둠속에 잠긴 샹들리에.

나는 지금 어디 있는 걸까?

목덜미에 강렬한 자극이 느껴졌다.

"아학……! 아, 안 되는디……!"

왕 선생님이 목덜미를 세게 빨자, 스스로도 깜짝 놀랄 만큼 날카로운 신음 소리가 터져 나왔다.

"안 돼요?"

"자국이 남으믄 쪼까……."

"안 된다면 더 하고 싶어진답니다."

목덜미에, 가슴에, 작은 통증을 동반한 붉은 자국이 꽃을 피웠다.

나는 아무 저항도 못 하고, 그저 숨을 흐트러뜨리며 벽으로 달라붙을 뿐이었다.

"둥글고 친근한 살이군요. 싱싱한 생명력이 흘러넘치는……. 어둠 속에서 하얗게 빛나는 이 아름다움이 당신 자신한테는 안 보이나 보군요."

왕 선생님의 입술이 갑자기 둥그런 언덕 위 꼿꼿하게 솟은 그곳에 닿았다.

"후아……!"

젖은 혀가 천천히 작은 돌기를 핥았다.

"으, 으응…… 아…… 후아아……."

왕 선생님은 마치 사탕이라도 빠는 것처럼 왼쪽 가슴을 천천히 음미했다.

그러더니 혀를 오른쪽 가슴으로 옮겨, 이번에는 가볍게 깨물며 아이처럼 장난을 쳤다.

가슴이 들썩거릴 정도로 숨이 거칠어진 날 놀리듯, 입술이 배꼽 주변으로 미끄러져 내려왔다.

내가 간지러움을 못 참고 몸을 뒤척이자 왕 선생님은 다시 야단을 쳤다.

그리고는 배꼽 주변에 붉은 꽃을 남겼다.
"가만히 있어요. 내가 괜찮다고 할 때까지."
"네……."
잠꼬대처럼 대답은 했지만, 이미 나는 제정신이 아니었다.
양팔로 날 가두고 있던 왕 선생님이 어느 순간엔가 내 발치에 무릎을 꿇은 채 팬티 라인을 따라 사타구니를 핥고 있었기 때문이다.
"아아…… 윽, 아, 아…… 아……."
부끄러워서 두 손으로 얼굴을 감쌌다.
다리 사이에서 끈끈한 액체가 배어나오는 게 느껴졌다.
뜨거운 혓바닥이 팬티 위를 간질이자 온몸에 찌르르한 전류가 흐르는 것 같았다.
"아으윽……!"
몸을 배배 꼬는 날 몰아세우는 것처럼 왕 선생님은 팬티 위로 코를 박고, 몇 번이고 쿡쿡 찔렀다가 살살 간질였다가 강하게 핥아 올렸다.
그리고는 날 올려다보더니…….
"욕정의 냄새가 나는데요?"

3.

얼른…… 얼른, 해줘유.
얼른 벗겨줘유.

하얗게 변한 머릿속에서 끓어 넘치는 오직 한마디.

이런 마음을 아는지 모르는지 왕 선생님은 팬티 너머로 몇 번이고 입을 맞추고, 코를 킁킁거리면서 냄새를 맡을 뿐이었다…….

제…… 제발!

나도 몰래 팬티에 손을 얹으며 몸을 비틀었다.

그러자 왕 선생님이 짓궂은 눈빛으로 고개를 들었다.

"히나 씨가 벗으려고요? 잘됐군요."

"……!!!"

"저야 환영이죠. 자. 벗어요."

너무혀!

분한 마음에 울컥했지만, 난 이미 한계였다.

하고 싶었다. 정말로.

나는 몸을 살짝 구부려 얇은 천 조각을 내렸다.

왕 선생님이 사타구니 사이로 드러난 검은 수풀을 지긋이 응시했다.

"흠뻑 젖었군요……."

"아아……."

"더 많이 내려요……. 그래, 후후, 더, 더……."

오랜만인가요?

나는 얼굴이 확 달아올랐다.

이, 이 선상은 우째 이렇게 부끄러운 짓만 시킨다???

"이, 일 때문에 요새는 쪼까……."
"그렇군요. 그럼, 다리 벌려보세요."
엣! 이, 이 상태로……?
최면이라도 걸린 듯, 부끄러움을 느끼면서도 다리를 살짝 벌렸다.
불시에, 왕 선생님의 얼굴이 다리 사이로 파고들었다.
"앗! 후…… 아핫……!"
왕 선생님의 혀가 갈라진 계곡 사이로 넘쳐흐르는 꿀물을 할짝거렸다.
민감한 돌기를 간질이자 애가 타서 미칠 것 같았다.
"서, 선상님……! 쪼…… 쪼까 더……."
"그럼, 핥기 쉽게 해주세요."
아…….
수치스러웠지만 쾌감의 유혹을 이겨낼 수 없었다. 난 주저하며 양 손가락을 아랫도리로 가져가 꽃주름을 좌우로 활짝 펼쳤다.
이내 두툼한 혀가 오솔길로 미끄러져 들어왔다.
"아아! 아, 안 돼유, 선상님! 거기는…… 아, 아하……!"
"왜죠? 이렇게 해주기를 원한 거 아니었나요?"
왕 선생님이 내 아랫도리를 집어삼킬 듯 강하게 빨아들이자 나는 외설적인 비명을 내지르며 왕 선생님의 머리칼을 붙들었다.
입안 가득 내 아랫도리를 머금은 채로, 왕 선생님은 혀끝을 내밀어 은밀한 동굴과 민감한 돌기 사이를 오가며 간질였다.

"앗, 아항……. 거기 기분 좋아……. 하아……! 거, 거기……! 아아…… 기, 기분 좋아유……!"

허리를 뒤틀며 몸부림치는 내 모습에 자극을 받았는지 왕 선생님의 혀가 점점 빨리 움직였다.

"아아! 제, 제발……! 아, 아아아아아……!!"

세차게 허리를 떨면서 마룻바닥으로 쓰러져 내린 날 내모는 것처럼 왕 선생님이 덮쳐왔다.

"…다리 올려요."

귓가에 울리는 한숨 섞인 속삭임.

참말로, 나한테 손끝 하나 안 댈 참인 겨……?

수치스러움을 참으며 내 손으로 두 무릎을 젖혔다.

깜짝 놀랄 정도로 단단한 왕 선생님의 분신이 살짝 어긋난 곳으로 파고들었다.

"아…… 아니! 그짝이 아니라…… 아래……."

"실례……. 마음이 앞섰네요."

히나 씨가 흥분하는 모습이 너무 귀여워서 그만.

또 쓰잘데기 없이…….

하지만 그런 말을 입에 올릴 틈도 없이, 왕 선생님의 분신이 내 그곳으로 거칠게 밀려 들어왔다.

무겁게 느껴질 만큼 존재감 있는 그것이 무서울 정도로 뱃속 깊숙한 곳까지 파고들었다.

"아, 안 돼유……! 더, 더는…… 아, 안 돼유……! 아악……!"

몸부림치는 나를 덮친 채로 왕 선생님은 허리를 놀렸다.

목덜미에 닿는 뜨거운 숨.

나는 온몸으로 왕 선생님에게 매달렸지만, 그래도 성이 차지 않았다.

…왜 옷을 입고 있는 겨?

"선상님도 옷 벗어유……. 왜 저만…… 아, 아학!"

"진찰이니까요……."

"거, 거짓말……. 아, 거기……! 거기를, 쪼까 더……!"

"여기……?"

"아, 아, 흐아아아……!"

왕 선생님의 분신이 민감한 부위를 헤집자 난 발버둥 치며 숨을 헐떡였다.

왕 선생님의 입술과 혀가 턱의 라인을 어루만지는 것처럼 간질이자 등줄기가 찌르르해졌다.

"…여기도, 느낌이 오죠?"

왕 선생님의 분신이 각도를 바꿔 골반 근처를 파고들기 시작했다.

"아아악……! 뭐, 뭐여, 이게……!!"

"기분 좋아요?"

정신없이 고개를 끄덕이자 왕 선생님이 다시 귓가로 입술을 가져왔다.

"이번에는 뒤로 돌아봅시다……."

갑자기 왕 선생님의 분신이 쑥 빠지는 바람에 나도 몰래 젖은 신음을 내뱉었다.

희미한 어둠 속에서 왕 선생님이 흥분한 것처럼 혀를 날름 핥는 모습이 보였다.

“이쪽으로 엉덩이를 돌려요……. 머리를 낮게 숙이고……. 그래, 그렇게. 착한 어린이군요.”

그러나 꼿꼿하게 고개를 쳐든 왕 선생님의 분신은 내 사타구니 사이로 미끄러져 들어오지 않았다.

대신, 일부러 엉덩이 골 사이를 지그시 눌렀다.

“아, 안 돼유……! 거긴!”

“안 돼요?”

“당연하지유……!”

“그래요? 아쉽네요. 기분 좋을 텐데.”

그…… 그런감……?

아악……!

예고도 없이 왕 선생님의 분신이 앞쪽으로 쑥 파고들었다. 거센 충격에 주먹을 꼭 쥐고, 머리를 푹 숙인 채 깊은 숨을 내뱉었다.

아아……! 너무 커……!

앞으로 떠밀려서 쓰러질 것만 같았다.

“잘 참네요…….”

짓궂은 왕 선생님은 아직도 나한테 손을 대려 하지 않았다.

허리를 쪼까 잡아주면 좋을 텐디…… 으으, 아악!

탄력 있는 기둥 끝이 입구의 단단한 부분을 천천히 비비면서 들어왔다.

그리고는 미끄럽게 안쪽 깊숙이 파고들었다.

"아, 하아아…… 으윽……!"

입가에서 침 한 방울 흘러나왔다.

내 제일 소중한 곳에 왕 선생님의 길고 단단한 물건이 가득 메워졌다.

온몸의 세포 하나하나가 그것을 기뻐하며 날뛰고 있었다.

"아, 아아……! 조, 좋아유……! ……아앗, 더…… 더 안에…… 아하악!"

왕 선생님은 천천히 허리를 놀리며, 아까 기분이 좋다고 말했던 곳을 쿡쿡 자극했다.

"아…… 아아……! 우으으윽……!"

발정 난 고양이처럼 마룻바닥에 뺨을 부비며 허리를 흔들었다.

왕 선생님은 그런 내 모습이 섹시하다고 속삭였다.

"아, 하악, 좋아…… 좋아유……! 아, 이, 이…… 이, 이제 그만……!!"

어느새 왕 선생님이 내 허리를 꼭 붙들고 빠른 속도로 내 아랫도리를 헤집고 있었다.

"아직은 안 돼요, 공주님……. 좀 더 참아봐요."

안 돼, 더는 못 참겠단 말이여!

뜨거운 불기둥이 정신없이 몰아닥치자, 나는 입에 거품을 물고 잠꼬대처럼 낯 뜨거운 말만 쏟아내고 있었다.

“앗, 더, 더, 앗, 안 돼, 안 돼……! 아, 나, 나 죽어유, 그만, 아…… 아아악……!!”

절정.

왕 선생님은 바닥에 풀썩 고꾸라진 나를 다정하게 안아 올려 침대로 옮겼다.

일을 마치고 침대로 오다니.

난 그렇게 생각하면서 잠이 들었다.

꿈결에 어렴풋이 왕 선생님의 목소리가 들렸다.

푹 자요.

당신은 지금 피곤한 상태예요.

스스로 느끼는 것보다 훨씬 더 많이.

* * *

얼마나 잠이 들었을까.

눈을 뜨니 왕 선생님의 모습이 보이지 않았다.

머리맡의 탁자에 놓인 램프 속에서 작은 불꽃이 흔들리고 있었다.

“…참말로 불인가베.”

램프 안에는 전기로 만들어진 영롱한 빛이 아닌, 진짜로 살아 있는 불이 넘실넘실 흔들대고 있었다.

나는 한동안 그 주황색 불빛을 멍하니 바라봤다.

지직…… 지지직…… 하고 심지가 타는 소리가 들렸다.

"좋구먼……."
초등학교 때 정원 구석에서 친구들과 함께 낙엽을 모아 태우던 일을 떠올렸다. 알루미늄 호일에 싸서 감자를 구워먹기도 했었다.
"재미있었제…… 그때……."
문득 고향에 있는 친구들이 생각났다.
다들 지금 뭘 하고 있을까.
도쿄로 올라온 뒤 나름 일에 몰두하느라 연락도 제대로 하지 못했다.
매일매일을 정신없이 흘려보냈다.
…어쨌든.
그렇게 멍하니 있자니 번쩍 정신이 들었다.
지금 그런 감상에 젖어 있을 때가 아니여.
나는 정신을 차리고 침대에서 일어나 옷을 찾았지만…….
보이지 않았다.
"어디 간 겨? 그 선상님은……."
할 수 없이 알몸인 채로 시트를 빠져나왔다.
난방이 잘 되어 있어서 별로 춥지는 않았다.
"시방 몇 시여……?"
불안한 기분으로 어두운 방 안을 둘러본 뒤 창가로 걸어갔다.
커튼을 살짝 젖혀 보니 밖은 벌써 깜깜해져 있었다.
밤하늘에는 손톱같이 생긴 초승달이 떠 있었다.
우째 이렇게 조용하디야…….

"설마 한밤중인 겨?"
차가 끊기면 안 되는디…….
더더욱 불안해진 그때였다.
갑자기 방문이 끼익 하고 열렸다.
선상님……?
반가운 마음으로 돌아봤지만 그곳에 낯선 남자가 서 있는 것을 보자 숨이 멎을 것 같았다.
누구지? 이 예쁘장한 소년은…….
하지만 다음 순간, 내가 알몸인 것을 깨닫고 황급히 커튼 속으로 몸을 숨겼다.
"누…… 누구여?! 넌!"
"아, 죄송해요!"
문이 거칠게 쾅 닫혔다.
하지만 다시 살짝 열리더니…….
"죄송해요. 왕 선생님이 램프에 기름을 채우라고 하셔서……."
어둠 속에 녹아들 것 같은 목소리.
왕 선생님처럼 부드럽지만 좀 더 차분하고 배려심이 느껴지는 음색이었다.
"벌써 일어나셨네요."
"바, 방금……."
난 커튼자락을 꼭 쥔 채로 문을 쳐다봤다.
문 너머에서 다시 소년의 어색한 목소리가 들려왔다.
"기분이 상하셨다면 죄송해요. 저는 왕 선생님의 제자인데…… 렌이라고 해요.”

4.

첫눈에 반한다는 게 이런 건가베.

“동글이! 이것 좀 치워줘.”
“네!”
선배의 명령에 나는 빗자루를 들고 달려가 바닥에 흐트러진 머리카락을 쓸어 담았다.
하지만 대답하는 목소리가 아무래도 너무 컸나 보다.
“조용히.”
부드럽게 지적하는 목소리.
손님이 계실 때는 청소도 조용히. 눈에 띄지 않도록, 신속하게.
나름대로는 신경을 쓰는데도 항상 꾸중을 듣는다. 동글이는 가만히 있어도 부산스럽다고.
조심스럽게 비질을 하면서 나는 일에만 집중하려고 했다.
하지만…….
또 만날 수 있을랑가…….
“동글아! 뭐하고 있어? 저쪽도 얼른 치워야지!”
“아, 네……!”
나가 시방 뭐하는 겨.

나는 잡생각을 떨쳐 버리려고 머리를 절레절레 흔들었다.

어차피 이제 못 만날 사람이여……. 떠올려 봤자 의미도 없고…….

상경하고 오 킬로가 쪘다는 나에게 내린 왕 선생님의 진단은 '위열(胃熱)' 이었다.

가벼운 증상이니까 특별히 치료를 할 필요는 없다고 덧붙이며,

"위열이란, 위에 열이 내리지 않는 거예요. 매운 음식, 기름진 음식, 단 음식의 과다 섭취, 혹은 정신적인 스트레스가 원인이 돼서 발생하는 증상이랍니다."

왕 선생님은 그렇게 말하면서 미소 지었다.

"소화 기능이 필요 이상으로 좋아져서 아무리 먹어도 배가 고파지죠.."

왕 선생님의 설명에, 갈색 머리를 한 론이라는 소년이 고개를 끄덕이며 나를 놀렸다.

"아항~ ! 그래서 누나가 와구와구 먹게 된 거구나!"

"뭐여?! 뭐 이런 버릇없는 화상이 다 있다냐!"

욱해서 소리치긴 했지만, 틀린 말은 아니었다.

정신없이 바쁘다 보니 패스트푸드라든지 짭짤한 과자를 먹고 싶어질 때가 많았다.

하지만 아무리 먹어도 배가 찬 느낌이 안 들어서 자꾸만 먹게 됐다. 그것이 악순환이 된 것일까…….

"스트레스가 심한 거 아니에요……?"

그렇게 물어본 것은 검은 머리의 렌.

좀 전에 나의 알몸을 본, 그리고 그때부터 이상하게 신경 쓰이는 소년.

아마도 내가 연상일 것 같아 경칭을 생략하고…… 렌의 질문에 나는 '뭐…… 아무래도' 하며 허세를 부렸다.

"신경을 많이 써야 하는 직업잉께. 남의 돈 벌어먹기가 어디 쉬운감? 스트레스 없는 직업이 어디 있겄어."

렌이 왠지 눈부신 듯 날 바라보는 것 같은 느낌이 들었다. 난 당황해서 음식으로 눈을 돌렸다.

"우와! 맛있겠구먼~ !"

"녹두국수랑 게살을 볶은 거예요."

좀 전에 론과 렌이 이 음식들을 가지고 왔다. 척 봐도 보통 손이 가는 게 아닌 요리들이었다.

"녹두는 위의 열을 내려주는 식재료랍니다. 그밖에 특히 간과 위를 식혀주는 음식인 게살과, 위를 보해주는 쇠귀나물이 들어가서……."

왕 선생님이 설명을 시작하자 나는 허둥거렸다.

잠깐만! 적을 수가 없잖여유!

렌이 조용히 속삭였다.

"나중에 설명이랑 레시피 준비해 줄 테니까 마음 놓고 천천히 드세요."

"그, 그랴……."

그 속삭임에 어쩐지 가슴이 떨려 쉽게 고개를 들 수가 없었다.

한입 먹어본 볶음국수는 맛있…… 었던 것 같다.
어쩐지 맛이 잘 느껴지지 않았다.
맛보다, 내가 먹는 모습을 물끄러미 지켜보는 렌이 너무 신경 쓰였다.
내가 왕 선생님과 무슨 짓을 벌였는지 다 알고 있을까?
신경 쓰여서 견딜 수가 없었다…….
왕 선생님이 일어나더니 내 쪽으로 걸어와서 어깨에 손을 얹었다.
난 어깨를 움찔했다. 또 다시 가슴이 두근거리는데, 왜 두근거리는지 알 수가 없었다.
"공주님의 증상은 아직 가벼워요. 한동안 맵거나 자극적인 음식을 피하면 금방 개선될 거예요."
하지만 좋은 말만 있는 것은 아니다.
"그리고, 가능하면 규칙적인 생활을 하세요. 너무 늦게까지 깨어 있지 말고, 음주도 자제하세요."
"그거슨 쪼까 무리일 것 같은디……."
나는 박과 식물도 위열에 좋다고 하며 내온 파파야 밀크 푸딩을 먹으면서 머뭇머뭇 말했다.
"안즉 월급이 적어서… 밤에 아르바이트를……."
"호오. 어떤 아르바이트를 하시죠?"
"클럽에서……."
왕 선생님이 의외라는 눈빛으로 날 쳐다봤다. 난 당황해서 얼른 말을 이었다.
"시, 시급이 좋단 말여유! 손님을 대하는 연습도 할 수 있고.”

“그렇군요. 하지만 그럼 술을 피하기가 힘들겠는데요?”

왕 선생님이 내 등을 탁 쳤다.

“조금 보조적인 약을 지어드리죠. 렌, 준비해.”

“네.”

난 청아한 목소리로 대답하고 방을 나가는 그 뒷모습을 차마 쳐다볼 수 없었다.

“본업 후에 또 아르바이트라. 열심히 사는 공주님이군요.”

왕 선생님이 감탄스러운 어조로 말했다.

그라믄. 당연하제. 나맹키로 열심히 사는 사람이 어디 있는가.

“인기 미용사가 되고 싶다고 했죠? 꿈이 이뤄지면 좋겠군요.”

꼭 이룰 거여. 아르바이트까정 하면서 버티는디.

그렇게 생각했지만 방으로 돌아온 렌의 미소를 보자 역시 마음 한구석이 괴로웠다.

“여기, 약이에요.”

“…고맙구먼.”

“하지만 약에만 의지하면 안 돼요. 절대 무리하지 말고요.”

“…그랴.”

얼른 돌아가고 싶다.

이 사람 앞에서 사라지고 싶다.

그때는 그렇게 생각했다.

그랬는데.

지금은, 또 만나고 싶다니…….

*　　*　　*

“공주님……?”

날 돌아본 렌이 그렇게 부르자, 겨울바람에 꽁꽁 언 뺨이 확 달아올랐다.

“어쩐 일이에요? 아, 혹시 약이 잘 안 듣나요?”

“그, 그런 게 아니라!”

나는 들고 온 상자를 내밀었다.

“쉬는 날이라 치즈 케이크를 쪼까 구워봤는디. 아래께 잘 얻어먹은 보답으로다가…….”

나가 시방 뭔 짓을 하는 거여.

안 어울리게. 바보같이.

부끄러운 마음에 차마 렌을 제대로 쳐다보지 못했다.

하지만 렌의 얼굴이 환해졌다.

“치즈 케이크? 우와, 맛있겠다—! 너무 오랜만이에요.”

렌이 ‘항상 몸에 좋은 약선 디저트만 먹고 있으니까요’ 하고 중얼거리자 이번엔 내가 당황했다.

“호, 혹시 치즈 케이크 같은 거 먹으면 선상님한테 야단맞는 거 아녀?”

“가끔이라면 괜찮아요. 스스로를 너무 옭아매지 말고 가끔은 숨통을 틀 필요도 있다, 라고 말씀하실 거예요. 아마.”

렌은 빙그레 웃더니 '들어오세요' 라며 현관문을 열어줬다.
"하필 선생님이랑 론은 외출 중이라 저밖에 없네요."
엣……?
렌… 혼자……?
치료실에 들어가 소파에 앉자 묘한 긴장감이 몰려왔다.
"차 내올게요."
왠지 렌도 묘하게 어색해하는 눈치였다.
뭐 땀시……?
순간적으로 묘한 기대감이 부풀어 올랐다. 하지만 금방 수그러들었다.
내 알몸을 봤잖여.
근디 무신 맴이 동하겄어.
그랴. 아니여…….
잠시 뒤, 렌이 쟁반 하나에 향긋한 홍차와, 내가 가져온 케이크를 같이 내어왔다.
렌이 테이블에 홍차와 케이크를 내려놓자, 나는 두 눈 딱 감고 질문을 던졌다.
"그란디… 왕 선생님은 항상 저렇게 진찰을 한다냐?"
"저렇게…… 라니요?"
렌이 진지하게 되물었다. 뭐라 설명할 방법이 없는 나는 꿀이 들어간 홍차를 휘휘 젓기만 했다.
"불쾌한 점이 있으셨나요?"
"아니, 그게 아니라……."
대체 렌은 어디까지 알고 있는 걸까. 왕 선생님에게 안겼던 벽을 힐끗 쳐다보자 다시 마음이 무거워졌다.

렌과 내가 동시에 우유를 집으려고 손을 뻗는 바람에 손가락이 부딪쳤다.

"앗……."

"죄송해요!"

렌이 얼른 손을 치웠다. 난 왠지 아쉬웠다.

"아유~ 너무 어렵게 굴 거 없서~! 숨통 틔우고 살라믄 서?"

렌이 나에게 닿은 오른손을 왼손으로 감싸듯이 쓰다듬으면서 수줍게 말했다.

"그, 그럴까요……?"

"그랴. 나이차도 많이 안 나는디 무신 큰 어른 대하듯 하지 말어……."

사실 렌이 몇 살인지 알지도 못하지만.

"그 말투……."

렌이 갑자기 나에게 질문을 던졌다.

"귀여워요. 어디 사투리예요?"

"하카타(博多)여. 아는가?"

"알아요. 가본 적은 없지만."

"좋은 곳이제. 사람들이 무작시럽긴 하지만 시원시원하고……."

"그렇군요. 공주님도 시원시원해요."

"에? 그, 그랴?"

"네. 밝고, 건강하고……."

그 뒤의 말이 불시에 내 가슴을 두들겼다.
"무척 좋다고 생각해요……."
엣?
엣? 엣? 에—에엣???
당황해서 얼굴이 새빨개진 날 보더니 렌이 황급히 손을 내저었다.
"아니! 이상한 의미가 아니라!"
"아, 알어! 흥, 칭찬한다고 나올 것도 없으니께."
"치즈 케이크 받았잖아요."
"그, 그거슨 선상님께 드리는 거여!"
아~ 바보 같은 나.
렌이 보고 싶어서, 그저 얼굴 한 번 보고 싶어서 아침 일찍 일어나 만들어놓고선.
"맛있어요."
렌이 싱글거리면서 케이크를 먹었다.
"베이킹 잘 하세요?"
"…이것만 만들 줄 아는 겨."
난 무뚝뚝하게 말하면서 딴 쪽을 바라봤다.

5.

사람들과 말하는 걸 좋아해서, 미용사가 되자고 생각했다.
클럽에서도 꽤 능숙하게 일하고 있다.

그런데 왜…….

…이 사람 앞에서는 이렇게 입이 떨어지지 않는 걸까?

"나가 안즉 남자친구가 없어."

아무렇지 않게 말하면서 렌의 얼굴을 힐끗 살펴봤다.

"흐응."

렌은 그렇게만 말하고, 조용히 홍차 잔을 입으로 가져갔다. 그 냉담한 반응에 이상하게 화가 났다.

"뭐여. 대답이 뭐 이렇게 시원찮은겨? 당연히 없을 거라고 생각했간?"

"아니에요, 그런 게 아니라……."

렌은 내 얼굴을 보지 않고 그저 수줍은 미소만 지어 보였다.

"렌 너는… 누구 있는 겨?"

아무렇지 않은 척 물어보려고 했지만 너무 어색했다. 손바닥에 땀이 배어났다.

"저요? 전……."

렌이 눈을 내리깐 채 대답했다.

"저는 아직 수련 중인 몸이고, 그리고… 성의(性醫)가 돼야 하니까."

"뭐……? 성의?"

낯선 단어에 케이크가 목에 걸렸다. 렌이 눈을 들어 나를 쳐다봤다.

"왕 선생님한테 치료를 받았죠?"

힐끗

콜록. 기침이 터져 나왔다.

"…저 역시 그런 걸 하게 될 거예요."

콜록! 콜록!

케이크가 기어코 이상한 곳으로 넘어가 버렸다. 렌이 말을 멈추고 걱정스러운 듯 내 쪽으로 몸을 숙였다.

"괜찮아요? 물 갖다드릴까요?"

"아, 아녀……. 됐어……."

렌의 손이 내 등으로 다가왔지만, 닿으려다 말고 살며시 다시 무릎으로 돌아갔다.

기침을 참으면서 이제 끝이라고 생각했다.

됐어, 다 끝이여.

이 사람은 나가 왕 선생님하고 무신 짓을 벌였는지 다 알고 있으니께…….

진찰일 뿐이라고 생각하려 했지만 역시 찜찜했다.

답답한 마음에 찻잔만 바라봤다.

안 되겄어. 그만 가야겄네. 더 있어서 뭐하겄어…….

어수선한 내 마음을 아는지 모르는지, 렌이 말을 이었다.

"전 연인을 만들지 않을 거예요. 분명히 슬프게 할 테니까."

"어, 어째서? 일 때문인디 어쩔 수 없잖여."

"네. 하지만 저 자신이 일과 사랑을 분리시키질 못해요……. 아직 어린가 봐요."

그때 인터폰이 울렸다. 렌이 소파에서 일어섰다.

"선생님이 돌아오신 것 같네요."

뭐, 뭐여!

선상님이 왔다고?!

안 돼야! 렌 앞에서는 만나고 싶지 않구먼!

당황한 내가 가방을 들고 벌떡 일어섰다.

"그라믄 나도 이만!"

"벌써요?"

"아르바이트 가야 혀서!"

난 렌 곁을 스쳐 지나 후다닥 현관으로 달려 나갔다.

문을 벌컥 열었더니 왕 선생님과 론이 깜짝 놀란 표정으로 앞에 서 있었다.

"아아, 공주님. 와 있었어요……?"

"아, 안녕히 계셔유!"

인사할 겨를도, 마음의 여유도 없었다. 난 인사도 뭣도 아닌 말만 남겨놓고 도망쳤다.

아아. 참말이지 최악이여.

난 입술을 깨물었다.

다시는 안 올 겨!

설레는 기분이 엉망진창으로 짓이겨져서 시작도 되기 전에 끝나 버렸다.

나도 하고 싶어서 한 게 아니란 말여!

분해서 눈물이 쏟아졌다.

대체 뭐여? 성의(性醫)란 게…….

*　　　*　　　*

"앗! 지송혀유!"

멍하니 있다가 손님의 옷에 술잔을 쏟았다.

"아아— 벌로 한 잔 더!"

취한 손님이 시시덕거렸고 난 필사적으로 머리를 조아렸다.

하지만 이럴 때는 손님보다 아이카(愛華) 언니가 더 무섭다…….

난 살며시 주변을 살폈다.

살랑거리며 웃고 있는 우리 가게 넘버원이 눈만 차갑게 해서 날 째려봤다.

"얘. '지송혀유' 가 뭐니? 여기가 선술집이야?"

역시나 손님이 돌아가자마자 설교가 시작됐다.

"죄송해요♪ 하고 말하라니까? 어서 해봐."

두 단은 높은 톤으로 아이카 언니가 시범을 보였다.

"죄송해요오—♪"

언니를 따라 말해봤지만 너무 안 어울려서 손발이 오그라들었다. 아이카 언니가 눈썹을 치켜떴다.

"성의 있게 못 해?!"

"앗, 지송혀유!"

"또!"

정말…….

머리를 절레절레 흔들던 아이카 언니가 차가운 표정으로

팔짱을 꼈다.

"너한테는 고작 아르바이트겠지만 나한테는 매상이 걸린 문제야!"

"네……!"

"방해할 거면 이제 나오지 마!"

아이구, 무서운 거…….

매몰찬 태도에 약간 섭섭해졌지만 아이카 언니의 입장을 이해 못하는 건 아니었다.

언니가 이쪽 세계에서 살아남기 위해 얼마나 진지하게 임하고 있는지 알고 있으므로.

고정된 올림머리도, 화려한 메이크업도, 펄을 뒤집어쓴 것처럼 윤이 나는 피부도, 허리에서 엉덩이에 걸친 완벽한 라인도…….

어디 한군데 흠잡을 데 없이 아름다운 여자.

"뭘 그렇게 빤히 쳐다봐?!"

"아! 지송…… 아, 아니, 죄송해요!"

내가 꾸벅 머리를 숙이자 아이카 언니는 질린 듯한 얼굴로 뭔가를 말하려다가, 문득 자기 핸드백을 쳐다봤다.

핸드백이 부르르 떨리다가 세 번째 진동에 멈췄다.

문자인감?

핸드폰 액정을 확인한 아이카 언니의 표정이 환해지더니 딴사람처럼 다정하게 미소 지었다.

"애인인감유?"

"…네가 알아서 뭐하게?!"

아이카 언니는 휴대폰을 탁 닫았다. 하지만 입가에는 아직 기쁨의 미소가 흐르고 있었다.

러브러브 모드인갑네. 좋겄어…….

렌이 떠오르자 다시 마음이 무거워졌다.

자꾸 생각해서 언다 쓰겄다고.

하필 왜 거기서 만난 겨.

그 생각만 머릿속에서 맴돌았다.

그때의 놀란 얼굴…….

"왜 그래?"

아이카 언니의 목소리에 퍼뜩 정신이 들었다.

또 야단맞을 줄 알고 얼른 머리를 조아렸는데, 언니는 걱정스런 얼굴로 날 쳐다보면서 누그러진 목소리로 말했다.

"표정이 어두워. 무슨 일 있었니?"

…적응 안 되게 왜 이러는 겨.

아무래도 애인한테 온 문자 덕분에 기분이 좋아진 모양이다.

"…뭐야?"

"아니! 암것도 아니어유."

내 마음을 읽었는지 아이카 언니는 일그러진 표정으로 고개를 홱 돌렸다.

부끄러운지 귓불이 살짝 붉게 물들어 있었다.

늘 빈틈없이 구는 사람인데, 이런 모습은 처음이라 귀여워 보였다.

"애인이랑 어디서 만났시유?"

"그건 알아서 뭐하게?"
"손님이었남유?"
"뭐?! 손님이랑 그럴 리가 없잖아!"
…역시 그런가.
또 다시 렌이 떠올랐다.
그려. 손님을 좋아할 리 없다니께. 특히나 왕 선생님의 '진찰'을 받는 환자를…….
하지만 분명히 렌도 나를 의식하는 것처럼 느껴졌다. 오늘 만났을 때도 기뻐 보였다.
나가 혼자 착각하는 거여……?
아이카 언니는 팔짱을 낀 채 시무룩해진 나를 물끄러미 쳐다봤다.
"…거짓말. 사실은 손님이야."
"에?!"
비밀이야.
아이카 언니는 그렇게 말하면서 화려한 매니큐어를 바른 손톱을 반들반들한 입가에 댔다.
"좋아하게 돼버렸어."
"…그렇게 되기도 하남유?!"
"그야 당연하지. 어쩔 수가 없는걸. 이 사람은 다른 사람과 다르다는 느낌이 드니까……."
그렇게 중얼거린 얼굴은, 가게의 넘버원이라고는 생각할 수 없을 정도로 연약해 보였다.
아니, 약하다기보다 매우 소녀 같은 그런 얼굴이었다.

"뭐. 저쪽은 어떻게 생각할지 모르겠지만."
"예?"
"술집 여자의 남자가 되는 게 마냥 좋기만 하겠어?"
"헤어지잔 말은 안 해유?"
"아니. 열심히 사는 게 대견하고, 또 예쁘게 치장한 모습이 좋대. 그렇게 말해주는 건 좋지만……."
아이카 언니의 표정이 복잡해졌다.
"진짜 날 좋아하는 건지 알 수 없을 때도 있고."
그려…….
남자를 장난감 맹키로 능수능란하게 갖고 노는 아이카 언니 같은 사람도 사랑 앞에서는 어쩔 수 없당께.
그라믄 렌은?
렌은… 렌은… 렌은…….
"뭘 그렇게 멍하니 생각해? 설마 호스트야?"
"아, 아니어유!"
갑작스런 말에 흠칫 놀라고 말았다.
아이카 언니는 눈을 가늘게 뜨고 흐흥 하고 웃더니 말했다.
"호스트 조심해. 너 같은 바보는 금방 벗겨먹고 거리로 나앉게 만들걸? 하하!"
뭐여—?!
나는 발끈해서 소리쳤다.
"의, 의사 선상님이란 말여유!"
안즉 햇병아리지만… 언젠가는 의사가 될 거…… 겄제?

"의사? 그럼 더더욱 안 되지. 바보."

"자꾸 바보, 바보 할 거예유?!"

내가 성질을 부리자 아이카 언니가 유쾌하게 웃었다.

*　　*　　*

"오늘 너무 즐거웠어요. 다음에 또 오세요♪"

"정말? 그럼 우리 2차 갈까, 2차?"

"사장님도 참~ 진도가 너무 빠르면 재미없잖아요♪"

적당히 둘러대면서 웃는 얼굴로 손님을 배웅했다.

물론 속으로는 진땀을 흘렸다.

아무리 이 생활을 해도… 역시 나랑은 어울리지 않는다.

이 시간에 커트 연습을 하는 게 좋겠어.

돈도 좋지만.

저 멀리 걸어가는 손님의 취한 발걸음이 비틀거렸다.

화려한 네온사인이 스며든 밤거리가 묘하게 쓸쓸해 보였다.

왕 선생님의 방에서는 램프 빛 하나만으로도 충분히 따뜻했는데.

렌…….

하늘을 올려다보니 별이 보이지 않는 까만 밤하늘에 달만 둥실 떠 있었다.

그려. 니가 꼭 저랬당께.

언젠가부터 스트레스에 떠밀려 살던 매일.
그 속에서 니가 백금처럼 빛났당께.
"위열이 언제 나을랑가……."
나으면 더 이상 치료실에 갈 이유가 없겠지만서도. …더는 만날 수가 없겠지만서도.
그렇게 생각하면서 가게로 돌아온 나는 깜짝 놀라 그 자리에 멈춰 섰다.
렌! 뭐 땀시 여그……!

6.

구속하고 싶지 않아.
네 날개를 부러뜨리고 싶지 않아.
그런데도 난,
널 쫓아오고 말았어.
널
잡고 싶어서.

"렌!"
깜짝 놀라는 내게 달려온 렌은 내 손을 잡고 강하게 끌었다.
지금까지의 부드러운 모습과는 다른 강인함에 당황하는 한편 울음이 터질 것만 같았다.

날 만나러 와준 거?!

인적이 드문 후미진 빌딩 구석에서, 렌은 나를 꼭 껴안았다.

참말로 믿어도 되는 겨……?

그렇게 생각하면서 렌의 어깨에 볼을 기댔다.

역시 렌도 나를…….

그렇게 생각하자 날아갈 듯 기뻤지만, 마음 한구석에서는 여전히 의심의 싹이 자라나고 있었다.

속고 있을지도 몰러.

나는 안즉 이 사람을 잘 모르잖여.

하지만 그래도 좋다고 생각했다.

렌의 입술이 다가오자 고개를 들고, 처음으로 키스를 나눴다.

"으응……."

렌의 입술이 닿은 순간 이 사람이라는 확신이 들었다.

매끈하게 달라붙는 입술, 어색하게 스며드는 혀도 왠지 익숙하게 느껴졌다.

이 사람은 다른 사람과 다르다는 느낌이 드니까…….

아이카 언니의 말이 내 마음속에서 빙글빙글 회오리쳤다.

더 이상 아무 생각도 할 수가 없었다.

렌의 입술이 내 입술을 집어삼킬 듯 거칠게 헤집고 있었다. 그의 손이 등줄기에서 엉덩이 쪽으로 미끄러져 내려오자 나는 낮게 신음했다.

"아……."

문득 정신을 차린 듯, 렌이 얼른 입술을 뗐다.
"미안해요……."
그렇게 중얼거리면서 눈을 질끈 감았다. 애써 욕망을 억누르는 것 같았다.
왜? 좋은디…….
가까이 다가서는 나를 살짝 저지하면서 렌이 어깨를 드러낸 내 드레스 차림을 물끄러미 바라봤다.
"예쁘네요."
왠지 부끄러웠다. 가벼운 여자로 보이기 싫었다. 지금까지 한 번도 그런 적 없었는데.
고개를 수그리자 렌이 내 귓가에 다정하게 속삭였다.
"공주님은 예뻐요."
"아, 아무도 그런 말 안 하던디……?"
부산스럽다고만 하제.
입 다물면 귀엽다고 하거나.
"왜요? 난 누나가 말하는 게 좋은데."
차가운 바람 속에서 따뜻한 렌의 손이 내 뺨에 닿았다.
"작은 새처럼 밝고 싱싱한 생명력이 넘쳐나요. 왕 선생님도 그렇게 말씀하셨는걸요."
왕 선생님의 이름이 튀어나오자 가슴이 뜨끔해졌다.
렌이 움츠리고 있는 내 어깨를 살짝 어루만졌다.
"안 추워요?"
"쪼까."
렌이 날 바람에서 막아주는 것처럼 감싸안았다. 따뜻했다.

왜…….
왜 이렇게,
눈물이 쏟아질 것 같을까…….

"…가게로 돌아가야죠."
흐릿한 목소리로 중얼거리는 렌.
"안 갈 겨."
난 단호하게 말했다.
"그만두려던 참이었응께."
잘려도 상관없다고 생각했다.
"잘된 겨!"
그렇게 말하면서 렌의 품에 꼭 안기자 렌이 야단치듯 내 어깨를 흔들었다.
"공주님은 정말……."
곤란한 것 같기도 하고 기쁜 것 같기도 한 목소리.
그 눈동자는, 머리칼과 똑같이 짙은 검은 색.
"여기."
렌이 내 손을 잡더니 어디론가 향하기 시작했다.
그 따뜻함에, 렌과 함께라면 어디든 상관없다는 생각마저 들었다.
렌은 제일 처음 눈에 띈 러브호텔로 날 데리고 갔다.
이런 장소에 익숙하지 않은지 접수 창구에서 조금 헤매는 것 같았다.
렌은 엘리베이터에 타자마자 다시 날 꼭 껴안고 깊은 한숨을 내쉬었다.

"이런 데 온 걸 들키면 전 선생님한테 쫓겨날지도 몰라요."

"뭐 땀시?"

"안 좋은 기운이 뻗친다고 싫어하세요. 게다가 공주님은 선생님의 '환자' 이고, 그리고……."

그리고?

방 안에 들어오자마자 우린 곧바로 침대 위로 쓰러졌다.

목덜미로 쏟아지는 키스 세례. 다급하게 내 옷을 벗기는 손길.

렌……!

우리는 정신없이 서로를 갈구했다. 고장 난 머릿속에서 이성 따위는 이미 날려 버린 지 오래였다.

렌은 다정한 겉모습과는 달리 난폭할 정도로 성급하게 내 몸 이곳저곳으로 파고들었다.

참으려고 했지만 자꾸만 뜨거운 숨이 새어나왔다…….

"렌……."

"공주님……."

날 부르는 렌의 목소리에 숨이 멎을 것만 같았다.

사랑받고 있다…….

그런 확신을 느낀 것은 처음이었다.

속옷 사이로 불거져 나온 두 가슴을 렌이 꽉 움켜쥐자 달뜬 신음이 터져 나왔다.

렌이 가슴을 난폭하게 주무르기 시작했다.

왠지 무방비 상태가 된 것 같은 기분에 관자놀이에서 땀이 배어 나왔다.

"렌… 렌……! 기… 기다… 아…… 아학……!"

렌이 유두를 빨자 나는 신음하며 몸을 비틀었다.

그리고는 다급한 손길로 반쯤 벗겨진 렌의 옷을 풀어헤쳤다.

만지고 싶어. 그 살을.

어깨를, 팔을, 그리고 살랑살랑 소리가 날 것 같은 검은 머리칼을.

"아항…… 렌……! 렌! 왜……? 뭐 땀시……!"

왜 날 좋아하는 겨?

왜 날 원하는 겨?

쫓겨날지도 모른다믄서…….

렌의 손이 내 팬티를 단숨에 벗겨 버렸다.

반사적으로 오므라드는 내 무릎을 꽉 잡더니, 가랑이 사이로 허리를 들이밀었다.

"아! 레, 렌, 기다……!"

렌의 분신이 닿는 느낌에 황급히 허리를 움츠렸다.

기둘려, 기둘려, 아……!

"아아아아아……!!"

거칠게 안으로 파고드는 감각에 난 몸부림치며 비명을 내

질렀다.
렌의 몸이 날 시트 속으로 파묻을 듯 찍어 내렸다.
"하아악…… 렌, 안 돼야……! 아, 안즉……! 아악……!"
렌은 내 몸을 덮친 채로 하아, 하아, 하고 거친 숨을 내뱉었다.
사정을 참는지 침을 꿀꺽 삼키는 소리가 들렸다.
그리고 아주 약간만 허리를 움직였는데도 아랫도리를 통해 예리한 자극이 밀려왔다.
"으으흑…… 아악……! 하악……!"
온몸에서 땀이 비 오듯 쏟아졌다.
몸이 조금이라도 멀어질까 봐 나는 렌의 허리에 다리를 꽉 얽어맸다.
각도가 바뀌자 렌의 기둥이 더더욱 깊은 곳으로 미끄러져 들어왔다.
달콤하게 신음하는 내게 자극받은 듯, 렌이 고개를 들더니 희미하게 미소 지었다.
"뭐여 참말로……. 사람 숨 쉴 틈도 안 주고……."
"미안해요……. 참을 수가 없어서……."
그렇게 말하는 게 기뻐서 난 두 손으로 렌의 목덜미를 끌어당겨 귓불에 키스했다.

마음대로 혀…….

"으응……. 아, 아, 아아……."

조용한 파도가 밀려오는 것처럼 천천히 렌의 허리가 움직이기 시작했다.

나는 흔들리는 리듬에 몸을 맡기고 파고드는 렌을 맞아들였다.

희열에 찬 그곳이 몇 번이나 반복되는 노크에 수줍게 문을 열었다.

기분 좋다…….

렌의 입술이 귓불을 스치더니 젖은 혀가 살며시 안으로 파고들었다.

그리고 목덜미를 간질이고, 쇄골의 형태를 확인하고, 둥그런 가슴 사이로 파묻혔다.

"흐음… 부드러워. 좋은 향기가 나요……."

아……. 샤워도 안 했는디.

"공주님……. 얼마나 이러고 싶었는지 몰라요."

언제부터……?

눈을 감고 신음하면서, 난 렌의 팔을 붙들고 '이 사람은 곧 성의가 될 거여' 하고 몇 번이나 되새겼다.

자꾸 마음속에 어수선한 바람이 불었다.

나가 견딜 수 있을랑가?

이 사람이 딴 여자를 안는 것을
나가 용서할 수 있을랑가…….

7.

누군가의 머리칼이
이렇게 사랑스럽게 느껴진 건
처음이었다.

내 가슴 위로 흐트러진 렌의 머리칼을 가만히 쓰다듬었다.
마치 여자 것처럼 얇고 부드러운 검은 머리칼…….
일 때문에 몇 백 명의 머리카락을 만지지만 이렇게 사랑스럽게 느껴지는 것은처음이었다.
"잘라보고 싶구먼……."
그렇게 중얼거렸더니 렌이 어렴풋이 눈을 뜨고 날 올려다봤다.
"응. 잘라줘요."
"시방 가위가 없는 것이 한이여."
"그래요? 아쉬워라……."
렌이 몸을 일으켜 키스했다.
"맡겨보고 싶었는데. 공주님한테."
"다음번에 만나믄 잘라줄 텡게."
우리 인자 사귀는 거잖여.
그렇게 생각했지만 렌이 아무 말 없었기 때문에 말을 꺼내지 못했다.
왜? 아닌 겨?
갑자기 불안해졌다.

"공주님은 지금 간의 기운이 적체돼 있는 것 같아요. 술하고 스트레스 때문인가?"

"간의 기? 간장?"

"응. 간의 기운이 적체되면 불이 돼서 위로 옮겨 붙어요. 그래서 위열이 된 거예요."

하아? 시방 뭐라는 겨…….

"한의학에서는 오장육부를 목화토금수(木火土金水)의 '오행(五行)' 이라는 원리에 적용해서 각각의 관계를 보거든요."

렌이 말을 시작했다.

난 가만히 듣고만 있었다.

렌이 너무 신나 보였으니까.

"오행의 원리로 보면 위는 '토' 에 해당하는데, '목' 인 간의 영향을 받기 쉬워요. 나무가 흙의 영양분을 흡수하는 것처럼. 이해돼요?"

그렇게 물어 잘 모르겠지만 일단 고개를 끄덕였다.

렌이 '거짓말' 하고 웃었다.

하하, 들켰남?

난 렌에게 달려들어 렌의 가느다란 쇄골과 살짝 근육이 잡힌 가슴팍에 키스를 퍼부었다.

"모르기도 하고 알기도 하겠단 말이여."

"응?"

"렌이 이 일을 을매나 좋아허는지!"

「전 연인을 만들지 않을 거예요.」

「분명히 슬프게 할 테니까.」

렌은 그렇게 말했었다.
하지만 난…….
…나만은 특별하지 않을까.
아니, 나만은 특별한 존재가 돼서 렌의 마음을 바꿔보고 싶어졌다!
"렌, 나는 상관 안 할 겨."
나는 렌의 가슴팍에 몸을 기대고 부드러운 피부를 쓰다듬으며 말했다.
"렌이 성의가 돼도……."
딴 여자랑,
이런 걸 한다고 혀도…….
아아. 상상만으로도 그야말로 간에서 불이 날 것 같았다. 위열 따위는 댈 게 아니었다.
얼굴을 푹 수그리고 붉어진 눈시울을 숨겼다. 아프고 괴로운 질투의 불길.
그래도 난 렌이 좋았다.
나 자신보다도 더.
"그러니께, 렌이 하고 싶은 대로 햐. 난 상관 없응께."
나는 얼굴을 들고 웃어 보였다.
사랑스러운 머리칼을 쓰다듬으며 마음속으로 생각했다.
그러니께, 내 연인이 돼줄랑가?
"나 좋아허는 거 맞제?"

"응……."

"그라믄 그냥 지금맹키로 날 사랑해 주믄 되는 거여."

"……."

"나 옆에서 늘상 좋아헌다고 애기해 줘."

그라믄 상관 없어!

"응? 렌. 그라믄 되겄제?"

"정말이에요……? 공주님?"

"참말이고말고! 하카타 여자는 강하당께!"

시원시원하잖여!

그렇게 말하자 렌은 날 다정한 눈빛으로 바라봤다.

정말, 정말, 좋아한다고 말하는 것 같았다.

"공주님. 난…… 공주님을 보고 있으면 내가 좀 한심해져요."

"응?! 뭔 소리여?!"

"어른이 되려면 아직 멀었나 봐요. 마음이 흔들려요. 당신을 보면, 자꾸 마음이 흔들려요. 여러 가지를 내던져 버리고 싶어져요……."

렌의 따뜻한 몸이 나를 감쌌다.

이루 말할 수 없이 편안해지는 기분이었다.

"공주님……."

렌이 내 몸을 쓰다듬기 시작하자 너무 기분이 좋아 눈을 감아버렸다.

좀 더 렌의 모습을 보고 싶었는데.

"아…… 렌, 그짝은 안 되는디……."

렌의 입술이 검은 수풀에 닿자 허리가 움찔거렸다.

"왜요?"

렌이 손가락으로 사타구니를 간질였다.

"으응…… 하아……."

허리께가 오싹오싹했다. 렌의 손가락이 검은 수풀을 헤치고 파고들더니 꽃주름을 헤집었다.

"보여줘요."

렌이 꽃주름을 좌우로 벌리자 황급히 팔뚝으로 얼굴을 가렸다. 부끄러워…… 부끄럽단 말이여… 렌…….

"옅은 벚꽃 빛깔이네요. 꽃잎 같이 보드랍겠죠……."

"그, 그만혀……."

"왜요? 칭찬하는 건데."

"나는 그렇게 예쁘지 않다니께……."

후후, 하고 웃는 렌의 숨결이 벌어진 꽃잎 사이를 간질였다. 아아……!

"예쁘다니까요."

렌의 입술이 그곳에 닿더니 혀끝이 살며시 미끄러져 들어왔다…….

"난 이렇게 예쁜 여자를 본 적이 없어요……."

렌의 키스는 왕 선생님처럼 대담하지 않았다.

금방이라도 무너질 모래성을 만지는 것처럼 조심스럽게 날 흔들었다.

난 주먹을 입에 대고 다리 끝이 저리다 못해 마비되는 것 같은 느낌을 견뎌냈다.

"아, 아앗……! 아, 아, 아……!"

렌이 가운뎃손가락을 내 은밀한 동굴 속으로 집어넣더니 관절을 휙 꺾어 올렸다. 치골 안쪽이 눌리자 이상한 신음 소리가 터져 나왔다.

"아, 안 돼야…… 안 돼야…… 거긴……!"

휘휘 젓는 렌의 손놀림에 민감한 돌기가 이리저리 휩쓸렸다. 겉과 속 전부에서 희열에 찬 비명을 질러대며 절정의 순간을 갈구했다.

"아아앙……! 아아아아항……!!"

등을 활처럼 구부리며 허벅지를 부들부들 떠는 날 확인하고 렌이 나에게서 천천히 떨어졌다.

손가락이 스륵 미끄러져 나갔다. 더, 더 넣어줬으면 했는데!

"렌……!"

몸이 달아오른 난 벌떡 일어나 렌을 덮쳐눌렀다. 무릎을 크게 벌리고 렌의 몸에 걸터앉았다.

다리 사이로 손을 넣어 단단하게 부풀어 오른 렌의 분신을 잡았다.

이미 욕망에 젖어 미끌미끌한 그것을 내 아랫도리 사이로 눌러 넣었다.

"으응…… 아학……!"

내 몸이 커다란 기둥을 집어삼키는 감각에 몸을 부르르 떨었다.

뺨을 붉힌 채 올려다보는 눈망울은 강아지처럼 맑은데, 그

곳은 왕 선생님에게 지지 않을 정도로 강하고 단단했다.

"하악…… 아핫, 쪼… 쪼까 기둘려……."

렌의 전부를 집어삼킬 기세로 이마를 찡그리면서 허리를 비트는 날 보더니 렌이 흥분한 듯 거친 숨을 내뱉었다.

"사납군요… 공주님은……."

"싫은감……?"

"아뇨. 좋아요……. 그런 부분도, 너무……."

"아아아……! 우, 우윽……!!"

꽃주름이 맞닿는 위치까지 겨우 허리를 떨어뜨렸다. 나도 모르게 신음이 터져 나왔다.

렌이 내 손바닥을 감싸 쥐었다.

"기분 좋아……."

렌이 희미하게 중얼거렸다.

"공주님의 기는, 정말 기분 좋아요……."

"뭐여? 그게……."

무슨 말인지 알아들을 수가 없었다.

하지만 가슴이 뜨거워져서 난 그 손을 꼭 맞잡았다.

절대 떨어지고 싶지 않았다.

"렌……. 나는…… 아윽……!"

무슨 말을 하고 싶었으나, 렌이 천천히 움직이기 시작하자 생각은 어디론가 날아가 버렸다.

마치 말에 탄 것처럼 흔들거리는 리듬 속에서 렌의 분신이 내 제일 깊은 곳을 여기저기 찔러댔다.

스트레스도, 미래의 불안도, 동료들의 험담도, 선배의 꾸

중도, 시시한 일은 전부 산산이 부서져 사라지는 느낌이었다.

렌이 있으면 상관 없어.

난, 렌만 있으면 상관 없서야…….

"아아악……! 흐아…… 아아, 좋아…… 좋아…… 렌……!"

나는 몸을 가누지 못하고 렌의 가슴팍에 무너져 내렸다. 렌이 나를 다정하게 감싸 안았다.

하지만 렌의 그것은 여전히 내 아랫도리를 괴로울 정도로 활짝 열어젖히고, 찌걱찌걱 하는 이상한 물빛 소리를 내지르며 날뛰고 있었다.

머릿속이 하애지는 것 같았다.

"아아아……! 렌…… 렌……!!"

"공주님, 기분 좋아요……. 공주님 속은… 너무… 뜨겁…… 아학……!"

허리를 놀리는 채로 우리는 서로의 혀를 휘감으며 키스를 나눴다. 커다란 원이 만들어졌다.

이런 식으로 사람은…….

이런 식으로 사람은,

운명의 사람을 만나는 건가베.

그런 생각을 하면서 난 점점 꼭대기로 올라갔다.

지금까지 가본 적 없는 장소로.

8.

이 비취를 줄게요.

내 소중한 사람을 언제나 지켜주도록…….

"할머니 유품인데……."

렌이 작은 가죽 주머니에서 반들반들한 녹색 돌을 꺼내서 내게 건넸다.

"줄게요."

"엣! 그렇게 소중한 걸 나한테 줘서 쓰겄어?!"

"소중한 거니까 주는 거예요."

렌은 그렇게 말하면서 내 손에 억지로 그 돌을 쥐어줬다.

"부적이에요. 공주님이 갖고 있었으면 좋겠어요."

"…참말로 괜찮은 겨?"

"알잖여. 나가 성격이 부산시러워서……. 덜렁대다가 잃어버리기라도 하믄……."

"잃어버린다면 그걸로 됐어요. 그 돌의 역할이 이미 끝난 거겠죠."

렌은 조금 쓸쓸한 표정을 지었다.

"그땐 아마 분명…… 다른 누군가가 공주님을 지키고 있을 거예요."

"뭐여?! 그라믄 절대 안 잃어버릴 겨!"

난 돌을 꼭 쥐었다.

절대로 안 잃어버릴 겨!

“난 렌이 좋단 말여!”
그렇게 외치는 나를 렌이 기쁜 눈으로 바라봤다.
그리고는 두 손으로 내 뺨을 끌어당겨 키스했다.
이마. 속눈썹. 그리고 입술……
“아아. 행복혀…….”
참말이지 이런 행복은 처음이랑께…….
“나도…….”
렌도 그렇게 말하면서 날 두르듯 감싸 안았다.
“한 번 더 할 수 있겠어요……?”
나는 렌의 목덜미에 손을 두르며 뜨거운 눈빛으로 응답했다.
“당연하제…….”

우리는 서로 정말 사랑했다.
함께 있으면 행복한 미래가 펼쳐질 것 같았다.

…하지만,
그날 이후 두 번 다시 렌을 만날 수 없었다.

“어째서?!”
있어야 할 장소에 없는 치료실. 사라진 웹사이트. 받지 않는 전화.
휴대폰을 갖고 있지 않다는 렌에게 연락을 할 방법이 없어서 난 미쳐 버릴 것 같았다.

"왜 이러는 겨, 렌……!"

날 갖고 논 거여……?

나만 믿은 겨?

렌이 내 운명의 짝이라고.

며칠을 방 안에 처박혀서 손안의 비취만 바라봤다.

…그런 거 아니제, 렌?

이리 예쁘고 소중한 것을 나한테 줬는디…….

인터넷으로 비취에 대해 검색해 보고, 나는 또 다시 책상에 쓰러져 울음을 터뜨렸다.

중국 사람에게 있어 최강의 부적.

남성이 아내에게 주는 애정의 징표…….

"이런 걸 줘놓고!"

그래 놓고 왜 사라져 버린 거여, 렌…….

흘러넘치는 눈물 속에서 온몸이 조각조각 찢어지는 것 같아 몸을 꼭 껴안았다.

비취 따위 줘서 뭐 혀.

추억도 뭣도 필요 없서, 렌.

나는 그냥,

네 곁에 있고 싶었는디…….

* * *

"아이카 언니! 웬일이래유~?"

나는 반가운 표정으로 미용실에 나타난 화려한 옷차림의

언니를 향해 달려갔다.

아이카 언니가 여전히 퉁명스러운 목소리를 높였다.

“이제야 겨우 제대로 된 미용사가 됐다며? 축하한다, 기집애!”

“헤헤~ 겨우 합격했구먼유. 아, 여그 앉으셔유.”

“예약 안 했는데 괜찮아?”

“그럼유~ 괜찮아유, 한가해유.”

“하여간…….”

아이카 언니가 머리를 절레절레 흔들었다.

“여전히 관리 잘 하시네유. 이대로 출근해도 될 것 같은디?”

“아아. 올림머리 풀고 보통의 귀여운 느낌으로 만들어줘. 머리끝 정리해서 잘라주고, 트리트먼트도.”

응? 난 놀리듯 거울 속의 아이카 언니를 들여다봤다.

“뭐여. 오늘은 일 안 나가고 데이트 가유?”

“시, 시끄러워!”

그로부터 이 년이 지났지만 아이카 언니는 그때의 그 남자와 여전히 잘 만나고 있었다.

문득 부러워졌다.

“어쨌든 다행이다. 열심히 한 보람이 있네.”

“그랑께 말이여유.”

렌과 만날 수 없어진 나는 방 안에서 한 발짝도 나오지 못할 정도로 실의에 빠졌었다.

클럽은 물론 본업인 미용실에서까지 잘릴 판이었다.

그때 날 감싸준 것은 심술궂다고 생각했던 선배와 동료들이었다.

내가 갑자기 이상해진 것을 걱정해서 몇 번이나 안부 전화를 했다.

끼니 거르면 안 된다며 도시락을 싸들고 집에도 찾아와 주었다.

"인자 걱정이 뭐 있겠시유? 어디 가도 밥은 벌어먹을 수 있는디."

그렇게 허세를 부리다가 금방 고개를 수그렸다.

"아니지. 한동안은 여그서 은혜를 갚아야 쓰겄지유……."

"아하하, 기특하네."

그렇게 말하면서 아이카 언니는 내 가슴에 매달린 펜던트를 쳐다봤다.

"저기, 네 '부적' 말이야."

가슴이 철렁 내려앉았다.

아이카 언니는 나와 렌의 일을 모른다. 아니, 난 렌에 대해 아무에게도 말하지 않았다.

"너무 예쁜 것 같아. 저번에 상하이 갔을 때 찾아봤는데……. 그렇게 예쁜 색을 내는 비취는 없더라고. 아니면 깜짝 놀랄 정도로 비싸던데?"

"그랬시유……?"

참말로 소중한 걸 맡겼구먼.

난 그렇게 생각하고 있었다. 렌 대신 잠깐 맡고 있는 거라고.

그때 이후로 만날 수 없는 렌을 위하여, 언젠가 만날 렌에게 돌려주기 위해서 잠깐 가지고 있는 거라고.

사각사각—

언제나처럼 즐겁게 이야기하며 아이카 언니의 머리를 만졌다.

완성된 모습을 보자 아이카 언니는 만족스러운 표정으로 뺨을 누그러뜨렸다.

"어때유? 귀엽지유? 남자한테는 무조건 청순해 보여야 쓴다니께요!"

"하이고~ 입만 살아가지고. 남자도 못 만드는 주제에!"

뭐……. 그야 그렇지만.

허지만 나도 안당께. 좋아하는 사람한테 쪼깨라도 더 사랑스러워 보이고 싶은 그 마음.

세상 사람들한테 내보이는 얼굴과는 다른 맨얼굴이지만 조금 더 여성스럽게, 조금 더 섹시하게 보이고 싶은 마음.

"나가 을매나 인기가 있는디!"

"알았네요, 알았어. 그럼 간다. 나중에 또 올게."

"안녕히 가세요오—!"

난 가벼운 발걸음으로 미용실을 나서는 아이카 언니를 배웅한 뒤 물방울이 튄 거울을 닦았다.

렌의 눈동자처럼 맑은 녹색 돌이 내 가슴께에서 흔들렸다.

안즉 잃어버리지 않을 겨.

「잃어버리면 그걸로 됐어요. 그 돌의 역할이 이미 끝난 거겠죠.」

…렌은 그렇게 말했다.

그러니까, 아직은 잃어버리면 안 된다.

왜냐하면, 나는 기다리고 있으니까.

렌이 아직 날 좋아한다고 믿으며, 언젠가 나를 데리러 와 줄 날을 기다리고 있다.

혹시라도 이 돌이 없어지면,

……그럼 그때, 새로운 사랑을 찾아볼까.

'그럼, 혹시 평생 안 잃어버리면……?'

나 자신한테 물어봤다.

벌써 몇 백번을 물어봤지만 해답을 알 수 없는 수수께끼.

아물지 않는 상처에서 피가 배어나오듯 가슴이 쓰라렸다.

"동글이! 예약한 손님 오셨어."

선배의 외침.

나는 '네!' 하고 소리치며 손님을 맞으러 달려갔다.

부디,

추억만으로 기억되지 않기를.

"안녕하세요. 어떻게 해드릴까요?"

"어라, 큐슈 사투리네?"

"에엣! 표준어를 쓰려고 한 건데!"

억양이…… 하고 손님이 유쾌하게 웃음을 터뜨리자 나도 따라 웃으며 머리를 긁적였다.

응, 숨겨도 숨길 수 없는 일이 있는 법이제.

혹시 평생 안 잃어버리면……?
그건, 그때 생각하자!

그렇게 결론 내리고 가위를 집었다.
언젠가 렌의 머리를 잘라줄 날이 왔으면 좋겠구먼.
난 웃었다.

주부의 눈물
몸과 마음의 올가미

1.

상장기업에 근무하는 잘생긴 남편.
유치원에 다니는 귀여운 아들.
아담하게나마 교외에 장만한 신축 빌라 한 채.
주위 사람들은 대체 부족한 게 뭐냐고들 말한다.

"유우타(優太)! 장난감 던지면 안 된다고 했잖아!"

아들의 머리를 쥐어박다가 흠칫 놀라 왼손으로 오른손을 싸잡았다. 앗, 이러면 안 되는데…….

하지만 이미 늦었다.

"우아아앙……!"

천장이 떠나가라 크게 울며 발버둥치는 아들. 눈물을 뚝뚝 떨어뜨리면서, 마치 하늘이 무너지기라도 한 듯 대성통곡을 해댄다.
또 저질렀어…….
아들이 어질러 놓은 장난감을 정리하면서 한숨을 내쉬었다.
몇 번을 혼내도 유우타는 미니카나 로봇을 마룻바닥이나 벽에 내던지곤 했다.
플라스틱으로 된 장난감 야구방망이로 가구나 텔레비전을 때리는가 하면, 세면대에서 물을 틀어 온 사방에 흩뿌리는 통에 매일 잠시도 눈을 뗄 수가 없었다.
이맘때의 아이들이 장난꾸러기에다 사고뭉치이긴 하지만, 어째 유우타는 그 정도가 다른 애들보다 더한 것 같다. 아니, 내 애라서 그렇게 보이는 걸까.
"우, 우에에엥……! 힉, 히익…… 히이이이잉……!"
"뚝! 뭘 잘했다고 그렇게 울어!"
좀 더 다정한 엄마가 되고 싶어. 나도 그렇게는 생각한다.
하지만 훌쩍이며 징징대는 모습을 보고 있으면, 그런 마음도 잊고 화가 치밀어 오르는 걸 참을 수가 없다.

「불쌍하게 애를 왜 그렇게 잡아? 남자앤데 장난이 좀 심할 수도 있지. 당신이 너무 엄하게 구는 거 아냐?」

지난밤, 남편한테 들은 잔소리가 떠오르자 더더욱 화가 치밀어 올랐다.
밖에서 일한답시고 가사도 육아도 전부 나한테 떠넘기면

서. 푸념 정도도 못 들어주고…….

「전업주부인데 당연히 당신이 해야 할 일이잖아. 싫으면 당신도 나가서 돈 벌어.」

남편은 짜증이 가득한 얼굴을 돌리고 그렇게 말했다.

그 무책임한 태도에 또 다시 울컥하고 말았다.

「애를 놔두고 어떻게 일을 나가요?!」

「그럴까? 우리 회사에는 일과 육아를 병행하는 여자들이 널렸는데?」

「그 여자들이 얼마나 열심히 살고 있는 건지 알아요?! 당신은 그게 쉬워 보여요?!」

「그러니까 당신도 열심히 살라고!」

뭐?!

머리끝까지 화가 난 나는 남편이 마시고 있던 술잔을 낚아채 바닥으로 던져 버렸다.

쨍그랑! 하고 유리가 깨지는 소리.

커튼까지 튄 액체.

아…….

곧바로 후회가 밀려들었다. 치우는 건 결국 나인데.

거기다,

「쯧…….」

남편이 한심하다는 듯 혀를 찼다.

「이혼당하고 싶어?」

가슴이 철렁 내려앉으면서 심장이 꽉 조여드는 것 같았다. 아, 또……. 이런 느낌, 처음이 아니다.

가슴이 울렁대는 불안감을 느끼며 우두커니 서 있었다. 남편이 흥, 하고 코웃음을 쳤다.

「나한테만 의지하는 것도 곤란하다고.」

「다, 당신이 집에 있어도 된다고 했잖아요! 그러니까 결혼하자고…….」

「이렇게 신경질적인 여자인 줄 몰랐지. …깜빡 속았어.」

그렇게 내뱉는 남편의 옆모습에 짙은 후회가 드리워지자 난 어떡해야 할지 알 수가 없어졌다.

지난 몇 년간의, 그린 듯이 행복하진 않았지만 그래도 괜찮았던 결혼 생활이 전부 부정당한 기분이었다.

"앗, 유우타! 또!"

멍하니 생각에 잠긴 틈을 타 아들이 또 장난을 쳤다. 이번에는 창턱으로 기어올라 관엽식물 화분을 떨어뜨렸다.

"안 돼!"

퍽!

"히이이이잉……!"

유우타가 울음을 터뜨렸다. 그만 아들의 등을 때리고 만 손을 가만히 내려다보다가, 귀를 막았다.

아아. 그만 좀 울어.

머리가 이상해질 것 같아.

하지만 내가 나쁜 거야.

원해서 낳은 아이인데 화가 난다고 자꾸 손찌검을 하다니…….

심호흡을 하려 애쓰며, 유우타를 달래기 위해서 고개를 숙였다.

그때. 내 앞치마 주머니에서 휴대폰이 울렸다.

누구지?

액정화면을 보고, 난 턱이 가늘게 떨리는 걸 느꼈다.

아아, 시어머니…….

나는 우는 아이에게 쉿— 하고 손가락을 대고는 방문을 쾅 닫고 현관으로 뛰쳐나갔다.

이렇게 손자를 울리고 있다는 걸 알면 또 뭐라고 하실지…….

"예, 여보세요."

"아아. 애기냐? 다음 달 제사 말인데……."

가타부타 인사도 없이 시어머니는 언제나처럼 말을 쏟아내셨다.

"미안한데 안내장 좀 만들어줄래? 왜, 너 컴퓨터 잘하잖니."

잘하지 않는데.

하지만 그런 마음은 전혀 내비치지 않고 '네, 그럴게요' 하고 상냥하게 대답했다.

시어머니는 친척 누가 이러니저러니 하는 긴 수다를 늘어놓더니 겨우 전화를 끊었다. 그사이 유우타도 지친 듯 우는 소리도 잦아들었다.

겨우 이제 좀 한숨 돌릴까 했더니.

딩동.

……이번엔 손님이다.

도어렌즈를 들여다보니 옆집 아줌마였다. 혹시 유우타가 우는 소리가 시끄러웠나……?

지저분해진 집안을 보일 순 없어서 살짝 문을 열자 익숙한 얼굴이 보였다.

"미안해, 유우타 엄마. 지금 바빠?"

"아, 아니, 괜찮아요……."

"부탁이 있어서 말이야. 저기, 이번에 쓰레기 수거 당번 말인데……."

또 바꿔달라고?

난 한 번도 그런 부탁을 한 적이 없는데.

그러나 그녀는 싹싹하게 보이는 얼굴로 웃으면서 거듭 앵앵거렸다.

"네. 바꿔 드릴게요."

"미안~ ! 어라? 유우타가 왜 저렇게 울어?"

등 뒤의 문 너머로 새어 나오는 울음소리. 다시 소리가 커진 것 같다.

"괜찮아?"

걱정스러운 표정을 짓는 한편, 아직도 뭔가 할 말이 있는 것 같은 아줌마.

아, 또…….

가슴이 울렁이기 시작하자 묘하게 얼굴이 일그러졌다.

가슴이 이상하게 쿵쾅거리고 등줄기와 관자놀이에서 땀이 비어져 나왔다.

왜 이러지……?

“어머! 자기 왜 그래?! 땀 좀 봐!”

“아, 지금 청소를 하고 있던 참이라…….”

쓸데없는 이야기가 퍼져 나갈 것 같아 일단 그렇게 둘러댔다.

“아유~ ! 그렇게 쓸고 닦아봐야 소용없어!”

적당히 해, 적당히!

그렇게 말하면서 깔깔 웃는다.

“네…….”

심장이 꽉 조여드는 것 같았다.

당신 같은 사람 때문에…….

당신 같은 사람 때문에, 주부들은 매일 희희낙락한다는 얘길 듣는 거야……!

겨우 옆집 아줌마를 쫓아낸 뒤 현관바닥에 주저앉았다.

아아, 숨 쉬기 힘들어…….

어지러워…….

두 손으로 가슴을 누르고 눈을 감자, 슬픈 것도 아닌데 눈물이 주르륵 흘러내렸다.

불이라도 붙은 듯 맹렬한 울음소리.

가봐야 해. 유우타……. 엄마는 널 사랑하는데…….

하지만 움직일 수가 없어서 다시 웅크리고 앉았다.

식은땀이 줄줄 배어 나왔다.

어떡하지.

어딘가 잘못된 게 분명해.
빨리, 어떻게든 손을 써야 해.
안 그러면,

…이혼당할지도 몰라.

* * *

"전 정신과 상담을 받으러 온 건데……."
왜 여기 있는 걸까. 어안이 벙벙해져서 방안을 휘 둘러봤다.
병원이 아니야.
마치 홍콩의 클래식한 호텔로 잘못 들어온 것 같은 느낌…….
한참 방 안을 둘러보던 사이, 문이 삐걱 열렸다.
"처음 뵙겠습니다, 부인. 제 치료실에 잘 오셨습니다."
"치료…… 실? 아, 죄송합니다……."
갑자기 하품이 나와서 급히 입을 틀어막았다.
요 며칠 제대로 잠을 자지 못했다. 몸은 피곤하지만 누워도 잠은 오지 않고, 조금 잠이 들었다 싶으면 번번이 깨고 말았다. 불면증에라도 걸린 건가 싶어, 더 둘 수가 없어 서둘러 인터넷에서 이 치료실을 검색해 온 것이다.
"편하게 있으세요."
의사 같지 않게, 모델처럼 미려하게 생긴 그가 맞은편에

앉았다.

그가 가만히 내 얼굴을 들여다보는 듯하더니,

“수면부족인 것 같군요.”

“네. 잠을 잘 못 자서…….”

“언제부터 그랬죠?”

“글쎄……. 꽤 오래전부터…….”

갑자기 눈시울이 뜨거워졌다.

아, 또…….

“죄송해요. 자꾸 멋대로 이렇게 돼버려서……. 슬픈 건 아니에요.”

그렇게 말하는 나에게, 스스로를 왕이라고 소개한 의사는 곤란한 듯 미소를 지었다.

“마음의 소리가 안 들리시나요?”

마음의… 소리……?

무슨 말인지 이해하지 못하는 나에게 살풋 웃음을 지은 왕선생님이 테이블 위의 다기에 손을 뻗었다.

금세 두 개의 잔에 따뜻한 차가 채워졌다.

향기로운 중국차의 향기에 휩싸이자 온몸에 나른함이 밀려왔다.

생각나. 아주 오래전, 애인과 대만에 갔었지. 그곳에서 마신 그 비싼 차랑 비슷한 향기…….

돈도 없으면서 고집을 피워 사준, 그 차의 이름이… 뭐였더라…….

무언가 기억을 더듬는 사이, 점차 눈이 감겨 오는 걸 느꼈다.

안 돼, 졸면 안 돼…….

여긴 어디지……?

……다정한 사람이었지.

남편보다…… 남편보다 훨씬…….

"피곤하신가 보군요."

왕 선생님이 날 감싸안자 뺨에 실크의 감촉이 느껴졌다.

품속…… 따뜻해……. 이러면…… 안 되는데…….

"조금 쉬세요."

졸음을 이기지 못하고 나는 눈을 감았다. 편안한 어깨에 기댄 채로…….

"그 사람과 닮았어요……."

"누구?"

"옛날…… 옛날에 사귀던 사람이요. 결혼하기 전에……."

나는 최면에라도 걸린 듯 몽롱하게 대답했다. 왕 선생님의 손이 아이를 달래는 것처럼 내 등을 쓰다듬었다.

"그 사람을 좋아했어요?"

나는 대답할 수 없었다. 쏟아지는 졸음 속에서 괴로운 기억이 회오리쳤다…….

"배신당했나요?"

귓가로 스며드는 낮은 속삭임에 다시 눈물이 뺨을 타고 흘러내렸다.

"아뇨. 제가……."

제가, 배신했어요…….

왕 선생님의 손가락이 다가오더니 천천히 내 턱을 치켜들었다.

"싫어……."

왕 선생님은 그 중얼거림을 못 들은 걸까.

입술이 덮쳐와 내 숨과 사고회로를 막아버렸다.

2.

가슴과 가슴 사이를,

손가락으로 눌러보세요.

그래요. 가슴 바로 중앙.

가볍게만 눌러도 극심한 통증을 느낀다면 당신은 마음이 무척 피곤한 상태예요.

"아, 아파……!"

"이런. 닿기만 했는데."

왕 선생님은 그렇게 말하더니 그곳에 다정하게 입 맞췄다.

"단중이라는 혈이에요. 기가 모이는 곳이죠."

"기가 모인다고요? ……아얏!"

"이 정도로도 아픈가 보군요……. 괜찮아요."

왕 선생님은 아무리 봐도 의사 같지 않은 목소리로 속삭이더니 긴 손가락을 모아 내 가슴 사이를 힘껏 문질렀다.

천천히, 위아래로.

"아, 아…… 아앗! 하아…… 아……."

숨을 쉴 수 없을 정도로 아팠다. 이따금 짧은 숨만 터져 나왔다.

하지만 점점 통증이 누그러들면서 후우— 하고 심호흡을 할 수 있게 됐다.

왕 선생님이 하얀 이를 드러내며 안심한 것처럼 미소 지었다.

"편안해지셨나요?"

"네……."

"전 항상 여기에 '마음' 이 있는 것 같이 느껴져요."

마음이…….

"가끔 어루만져 주세요. 아니면 손을 대주기만 해도 돼요."

"누가요……?"

그렇게 묻는 나에게 왕 선생님은 희미하게 동정 어린 눈빛을 보냈다.

"그럼 제가 해드리죠."

그 말에 눈을 감고 고개를 옆으로 돌렸다.

뜨거운 눈물이 가만히 흘러나와 시트를 적셨다.

왕 선생님은 큰 손바닥을 마음 위에 얹었다. 그저 날 위로하려는 듯 다정한 손길.

이런 걸 남편에게 부탁할 수 없는 나는 아마 불행한 여자겠지…….

따뜻한 온기가 왕 선생님의 손바닥에서 가슴속으로 스며들었다.

탐하려 하지 않고, 어지럽히려 하지 않고, 그저 부드럽게 감싸 안을 뿐이었다.

왕 선생님이 관자놀이에 입을 맞추자 한동안 멍하니 눈물이 흘러내리다가 자연스럽게 멎었다.

……기분이 후련해지는 것 같았다.

고개를 들었더니 왕 선생님은 약간 멋쩍은 듯, 장난스러운 시선으로 날 바라보고 있었다.

"안아도 돼요?"

소년 같은 그 질문이 내 머릿속에 간직한 새콤달콤한 기억을 간질이자 가슴이 아련해졌다.

나한테도 확실히 있는 첫사랑…….

"부드럽게 해주세요……."

"네."

왕 선생님의 검지가 애태우듯 입술을 어루만졌다.

"아……."

기분 좋아…….

입술을 만져 주는 것만으로도 이렇게…….

"키스해도…… 될까요?"

하아…… 하고 젖은 숨이 새어 나왔다.

부끄러워……. 왜 자꾸 그런 걸 묻는 거지?

하지만 상대방이 나를 원하고 있다는 기쁨으로 가슴이 가득 찼다. 아주 오랜만에 느끼는 이 기분.

"…좋아요."

왕 선생님의 입술은 처음엔 조심스럽게 다가오더니, 점점 거칠게 내 입술을 집어삼키기 시작했다.

왕 선생님이 손가락으로 내 턱을 치켜 올리자 입이 크게 벌어지며 왕 선생님의 혀가 미끄러져 들어왔다. 뜨거운 혀가 입안 구석구석을 헤집자 나는 왕 선생님의 팔을 꼭 붙들었다.

"으으응…… 아…… 으응……."

찰팍, 찰팍. 혀를 얽을 때마다 물빛 여운이 치료실에 울려 퍼졌다. 아까까지 부드럽게 마사지를 해주던 손이 두 가슴을 움켜잡았다.

"만져도 돼요……?"

벌써 만지고 있으면서.

나는 왕 선생님의 목덜미에 팔을 둘렀다.

"응? 만져도 돼요……?"

가슴의 윤곽을 부드럽게 쓸어내리며 왕 선생님이 귓가에 속삭였다.

"아하……."

오싹한 전율에 신음이 튀어나왔다.

솜털을 간질이는 것 같은 왕 선생님의 입술 사이로 뜨거운 숨결이 훅 끼쳤다…….

"좋아해요……."

"아아……."

왕 선생님이 꼭 내 몸에 색을 입히는 것처럼 온몸을 쓰다듬기 시작했다.

한 구석도 빠뜨릴 수 없다는 듯 집요한 손길로…….

"좋아해요……."

"나도……."

……더 해줘요.

나는 그저 잊고 싶었던 것 같다.

남편도, 시댁도, 동네 사람도, 그리고 아이도 전부 잊어버리고 몰두하고 싶었다.

여기서는 그게 용서된다, 용서해 줄 거다.

그런 기분이 들었다.

"아아학……!"

왕 선생님의 욕망이 내 꽃잎을 떠밀며 밀려 들어온 순간, 의식이 어디론가 튕겨져 나간 것 같았다.

목구멍에서 멋대로 신음이 터져 나왔다. 크게 벌린 다리와 꽉 붙들린 채 흔들리는 몸이 얼른 무너뜨려 달라며 아우성치고 있었다.

그래. 무너지고 싶어.

이대로, 오늘도 내일도 없이,

산산조각으로…….

"하아악……! 악, 아윽…… 아아악……!"

왕 선생님이 찍어 누를 때마다 침대의 수프링이 삐걱거렸다.

왕 선생님의 단단한 분신이 내 아랫도리를 도려낼 듯 깊숙한 곳까지 파고들었다.

"타카코(貴子)……."
왕 선생님은 거친 숨을 내뱉으며 내 목덜미에 얼굴을 파묻고 쉴 새 없이 키스를 퍼부었다.
마치 사냥감을 물어뜯기 직전의 야수처럼.
그러더니 왕 선생님은 내 허리를 가볍게 안고, 놀랄 정도로 난폭하게 자신의 분신을 안으로 쑤셔 넣었다.
"아아악…… 자, 잠깐……! 선생님! …아아학……!"
아까까지의 부드러웠던 모습이 거짓말 같았다. 찌걱, 찌걱, 하고 울리는 소리에 마음마저 어지러워졌다.
외설스러운 쾌락이 땀이 되어 뿜어져 나왔다. 등줄기와 허벅지가 흠뻑 젖어들었다.
낯부끄러운 모습으로 무릎을 꺾어 올리더니, 왕 선생님은 더더욱 깊은 곳으로 자신의 욕망을 밀어 넣었다.
"아윽! 아아악…… 다, 닿잖아! 닿잖아요! 선생님……!"
"어디에 뭐가 닿는다는 거죠?"
"그게……."
"응? 뭐가 닿았어요?"
왕 선생님이 허리를 꽉 밀착시키자 내 꽃주름 속 작은 돌기가 왕 선생님의 기둥 아래 눌려 이리저리 휩쓸렸다.
"흐아아아아아……! 아아아……! 거기, 안 돼요……!"
"어디? 어디가 안 되죠?"
왕 선생님이 허리를 빙글빙글 돌리자 새된 비명이 터져 나왔다. 내 가장 깊숙한 곳에 왕 선생님의 분신이 뿌리 끝까지 박혔다.

"아……! 아아악…… 아악……!!"

허리와 어깨를 꽉 잡은 채로 왕 선생님은 내 쪽으로 바싹 몸을 당겼다.

최소한의, 하지만 끈적끈적한 허리의 움직임. 꼼짝달싹 못한 채 왕 선생님의 먹잇감이 된 나는, 그저 비명을 지르며 훌쩍훌쩍 울 수밖에 없었다.

"어, 어떻게 돼버릴 것 같아……!! 제발……!!"

"그러면 되잖아요."

왕 선생님은 그렇게 말하면서 뼈가 부서져라 날 꽉 껴안으며 입술을 훔쳤다.

두터운 혀가 목구멍 깊숙한 곳까지 뻗어들자 숨조차 쉴 수 없었다. 아무리 파닥거려도 도망칠 수 없는, 핀에 단단히 고정된 나비가 된 기분이었다.

"으으응…… 아으으윽……!"

난 온몸으로 눈앞의 몸을 옭아맨 뒤 외설스럽게 허리를 비틀었다.

깊은 곳까지 파고든 왕 선생님의 그것이 내 자궁 속을 휘젓더니, 금방이라도 터질 듯 크게 부풀어 오르는 게 느껴졌다…….

"아, 아, 안에다는 안 돼요……."

"왜요? 그러고 싶은데……."

"제발…… 안 돼요……."

그렇게 말하면서도 몸을 뗄 수가 없었다. 온몸이 뜨겁고, 의식이 몽롱하고, 아랫도리는 불이 난 듯 타올랐다…….

"아, 아아아아악……!"

왕 선생님은 점점 절정으로 치닫는 날 위로 안아 올리더니 다시 허리를 놀리기 시작했다.

"으아아악……! 아, 안 돼, 제발! 안 돼……!!"

가슴을 붙잡히자 꼼짝도 할 수 없었다.

"아름다워, 타카코……. 좀 더 느껴봐……."

왕 선생님은 그렇게 말하면서 세차게 허리를 밀어 올렸다.

"좀 더, 허리를…… 그래, 아아…… 잘하네……."

느껴요? 나는 몽롱한 상태에서 힘을 쥐어짜 아랫도리를 조였다.

"크읏…… 아아……!"

흥분해 주는 게 좋아서 난 그의 얼굴을 끌어당겨 입을 맞췄다.

이 사람은 누구지?

사슴처럼 빛나는 눈동자.

따뜻하고 매끄러운 피부.

오래전, 그 사람 같은.

하지만 달라…….

난 왕 선생님의 턱을 어루만졌다. 그 사람은 이렇게 가름하지 않았어. 그리고…….

"누굴 생각하는 거죠?"

눈치가 빠른 이 사람은 의사.

그리고 이건 치료…….

"아뇨. 아무도……."

더, 더 해줘요! 더! 더 격렬하게!

왕 선생님이 고삐를 쥐듯 내 팔을 붙들고 고양이처럼 내 엉덩이를 치켜 올린 후 자신의 분신을 미끄러뜨리기 시작하자, 난 미친 것처럼 비명을 질러댔다.

엉망진창으로 만들어줘요.

무너뜨려 줘요. 오늘만이라도 좋으니까…….

3.

지금만이라도 좋으니까…….

우울의 가는 실이
누에처럼 내 몸과 마음을 감싼다.

도망치지 못하는 내가 잘못된 걸까?
……마음이, 아팠다.

피가 솟구칠 것 같은 뜨거운 순간이 끝나자 '정사'라는 두 글자가 머리를 스쳤다.

남편 이외의 남자한테 안기다니…….

이것도… 바람인 걸까? 왕 선생님은 치료라고 해주었지만, 그렇다기엔 조금 전의 그 쾌감은…….

등을 보이며 일어나 앉은 나에게 왕 선생님이 말을 걸었다.

"후회 따위는 하지 마세요."

시트를 가슴까지 끌어올린 채 잠자코 있었다. 이럴 생각이 아니었는데…….

"무척 관능적인 한순간이었어요. 그렇지 않나요?"

"…아무 말 말아주시겠어요?"

"아아. 그럼요."

왕 선생님이 등 뒤로 가만히 다가왔다. 그리고 긴 팔로 날 감싸 안은 채 속삭였다.

"비밀을 즐기세요."

나는 고개를 가로저었다.

"즐길 수 없어요, 이런 거……."

"왜요? 섭섭한데요. 전 억지로 한 게 아니에요."

"알아요……."

가슴이 울렁거리기 시작했다.

호흡이 가빠지면서 심장이 조이는 듯 아파왔다.

"가슴이 아픈가요?"

예리하게 알아챈 왕 선생님이 내 왼쪽 가슴을 만졌다. 그리고 손가락 세 개를 모아 손목의 맥을 짚었다.

나는 힘없이 중얼거렸다.

"이상 없대요. 전에 심전도 검사도 받아봤는데……."

"네. 그렇겠지요."

그 말투는 어딘지 모르게 확신과 안타까움이 서려 있었다.

"아직 눈에는 안 보이지요. 하지만 타카코 씨는 지금 스스로를 몰아세우고 있어요. 이대로 가다가는 쓰러지고 말 거예요."

쓰러져?

나는 눈을 내리깔았다.

……그것도 괜찮지 않을까. 차라리 쓰러져 버리고 싶어.

"타카코 씨. 당신의 증상은…… 한의학에서는 장조(臟躁)라고 불리는 병이랍니다. 부인들에게 많이 나타나고, 별 이유 없이 자주 슬퍼지고 눈물이 나는 경우가 많죠. 그러다가 신경질적인 발작을 일으키기도 해요."

"……."

"괴로운 증상이죠. 타카코 씨 자신도, 주변 사람들도."

아이의…… 유우타의 울음소리가 귓가에 울리자 다시 가슴이 갑갑해졌다.

"…저 같은 건 없어지는 게 나을지도 몰라요."

"그런 식으로 생각하게 되는 것도 병 때문이에요."

기억력 저하, 정서 불안 등등, 왕 선생님은 몇 가지의 증상을 꼽았다.

"이유 없이 울고 웃고, 자꾸 멍해지고, 불면증처럼 잠을 잘 못 자고, 자다가 깨기도 하고. 잔다 하더라도 꿈을 자주 꾸고, 아침에 빨리 깨고, 그리고 사소한 일에도 잘 놀랄 거예요."

담담하게 늘어놓는 증상은 모두 내가 겪는 그것과 일치했다.

"불안감, 알 수 없는 슬픔, 건망증, 현기증, 휘청거림……."

또 있어? 한숨이 나왔다.

왕 선생님이 달래는 것처럼 내 어깨를 쓰다듬었다.

“그런 신경정신적인 증상과 함께 가슴의 울렁증이 동반되죠. 그리고 짜증이나 분노가 심해지고, 손발이 뜨거워지고, 입이 마르고, 잘 때 식은땀이…….”

“그만 돌아갈래요.”

언제까지 계속될지 모르는 그 증상들에서 도망치고 싶었다.

왕 선생님의 팔을 풀고, 침대에서 내려가 바닥에 흐트러진 옷을 주웠다.

등을 보인 채로 옷을 입었다.

왕 선생님이 다시 말을 걸었다.

“괜찮으면 식사라도 하고 가세요. 금방 준비할 테니.”

“아뇨. 유치원에 아이를 데리러 가야 할 시간이라서…….”

“치료법도 안 듣고 돌아갈 생각이세요?”

“…….”

“낫고 싶지 않나요?”

“그만 실례할게요.”

황급히 치료실을 나서는 나를, 왕 선생님은 말리지 않았다.

가슴이 너무 심하게 울렁거려서 토할 것 같았다.

택시를 향해 손을 들었다가 이내 거둬들였다.

쓸데없는 돈 쓰면 안 돼. 아직 대출금 갚으려면 멀었는데.

한참 있다가 온 버스에 올라, 김이 껴서 자욱해진 유리창에 흔들리는 고개를 기댔다.

상장기업에 근무하는 잘생긴 남편.
유치원에 다니는 귀여운 아들.
아담하게나마 교외에 장만한 신축 빌라 한 채.
주위 사람들은 대체 부족한 게 뭐냐고들 말한다.
나도 그렇게 생각한다.
하지만 평생 이대로 끝나 버릴 거라고 생각하면 참을 수가 없어진다.
적어도 남편이 자상하기라도 하면 좋을 텐데.

「당신도 열심히 살라고!」

아마 조만간 아르바이트라도 해야 할지 모르겠다. 하지만, 일하고 싶지 않다…….
회사 다닐 때 인간관계 때문에 애를 먹었던 사실을 남편한테는 말할 수 없었다. 말해 봤자 아마 어리광피우지 말라고 하겠지.

"엄마~!"
나를 발견한 유우타가 얼른 뛰어왔다. 애매하게 웃는 얼굴로 유우타를 안았다.
내 다리에 매달려 앵알앵알 오늘 있었던 일을 재잘대는 유우타를 보자니, 죄책감이 고개를 들었다.
미안해.
엄마가 자꾸 신경질을 부려서.

이렇게 어여쁜 나의 아이인데.

「낫고 싶지 않나요?」

나을 것 같지가 않아요, 선생님.
이 우울감에서 해방되려면 아마 환경을 바꿔야 할 것 같은데,
회사를 그만둔 것처럼 여기서 도망칠 수는 없으니까.

유우타의 손을 잡고 걷는데 몇 번 인사를 나눴던 학부모가 반갑게 말을 걸었다.
"어머! 그 목도리 참 예쁘네요. 어디서 샀어요?"
앗. 기뻤다.
"이거요? 제가 뜬 거예요."
"어머나— 정말요? 말도 안 돼, 어쩜 이렇게 기성 제품처럼 뜰 수 있어요?"
무슨 소리. 색도 디자인도 기성 제품 따위보다 훨씬 고급스럽다고.
그렇게 생각하면서 나도 모르게 중얼거렸다.
"제가 의상 전문학교를 나왔거든요. 결혼 전에는 의류회사에 근무했었고."
디자이너의 꿈은 이루지 못했지만…….
마음속에서 자조적으로 그렇게 중얼거렸을 때, 들뜬 목소리가 뜻하지 않은 제안으로 날 곤혹스럽게 만들었다.

"대단하다~! 그럼 이번 장기자랑 의상은 유우타 엄마가 맡으면 되겠네요!"

"네? 그건……."

"재미있고 좋잖아요. 마음껏 실력 발휘해 봐요!"

아아아…….

난 그럴 기운이 없는데.

"전 자신 없어요……."

"괜찮다니까. 할 수 있어요."

돌아오는 길. 장을 보러 마트에 들러서도 내 머릿속에서는 의상 문제가 떠나질 않았다.

왜 거절하지 못했을까.

하지만 이왕 만들 거면, 모두를 깜짝 놀래켜 주고 싶었다.

설령 화려한 패션쇼가 아니라 유치원 장기자랑이라 하더라도.

아아. 분명히 이 성격이 문제야…….

"하아…… 아……."

다시 눈앞이 어지러워졌다. 부담감을 느낀 탓이라.

가슴이 조여드는 것 같이 아파왔다.

멈칫한 채로 가슴을 누르는 나를 개의치 않고, 유우타는 신나게 과자 코너로 뛰어가고 있었다.

"소란 피우면 안 돼, 뛰면 안 돼……."

아이한테 말해봐야 알아듣지 못한다. 그러자 나는 다시 화가 뻗쳤다. 눈치 주는 사람은 없는지 주위를 살폈다. 더더욱 가슴이 조여들고 있었다.

"아아……."

아무래도 왕 선생님한테 가봐야겠어. 가쁜 숨을 내쉬며 그렇게 생각할 때였다.

"타카코? 타카코 아냐?!"

앗, 이 목소리는…….

목소리가 나는 쪽을 돌아본 나는, 정말로 심장이 멎는 줄 알았다.

"준(峻)……!"

그리웠던 그 모습.

조금도 변하지 않았다…….

"우와~ 반갑다, 진짜! 이게 몇 년 만이야?!"

환하게 웃는 준에게 나는 어색한 미소를 흘렸다.

반가워? 당신을 배신한 여자인데…….

"어떻게 살고 있을까 궁금했어. 잘 지내나…… 하고."

말을 하던 준이 걱정스러운 표정으로 내 얼굴을 들여다봤다.

"왜 그래? 어디 아파?"

"응……. 조금……."

"어, 어디가?!"

진심으로 당황한 얼굴. 마음이 전부 표정으로 나타난다.

"여기 잠깐 앉아. 지금 이동 타코야키 장사를 하고 있거든."

"……가이드 일은 관둔 거야?"

"에? 당연히 하고 있지! 그만둘 리가 없잖아! 오늘은 아르바이트야, 아르바이트!"

그가 날 일으켜 세우고, 간이의자를 나에게 내밀었다.

"자, 자, 여기."

옛날…… 애인이라 그런가. 준은 망설임 없이 내 등을 떠밀었다.

계속 만나왔던 사람처럼 너무나 자연스럽게.

"잠깐만……."

난 좀 말문이 막히고 말았다.

몇 년 전, 나는 확실한 이유를 말하지 않고 준 앞에서 사라졌다. 다른 사람의 입을 통해 결혼한단 소식을 들었을지도 모르지만.

"과자 코너에 애가……."

준의 눈이 둥그렇게 커졌다.

"아…… 그, 그렇구나……."

역시 뭐든지 표정으로 나타난다.

충격을 숨기지 못하는 것 같았지만, 그래도 준은 웃음을 지어 보였다.

"그래…… 벌써 애가 있구나……."

그래. 더 이상 그 시절의 내가 아니야.

괴로움이 마음속에 퍼졌다. 아주 잠깐, 어색한 침묵이 흘렀다.

어떡하지…….

속으로 어찌할 바를 모르고 있는 내게 준은 금방 표정을 고치더니 밝게 얘기했다.
“그 애, 과자 코너에 있어? 내가 데리고 올게. 타카코를 많이 닮았겠지?”
“에엣?”
“뭐, 어떻게든 알아보겠지. 타카코의 아이라면. 여기 있어. 어디 가지 말고.”
그렇게 말하더니 준은 발걸음을 획 돌려 매장으로 뛰어갔다.
그 뒷모습을 바라보면서 나는 다시 가슴에 통증을 느꼈다.

가느다란 우울의 실이
누에처럼 내 몸과 마음을 감싼다.

지금의 이런 내 모습을,
준에게만은 보이고 싶지 않았다.

…가슴이, 아팠다.

4.

행복하지 않은 모습을 보이고 싶지 않았다.
…준에게만은.

"춥지? 미안해~!"

그렇게 말하며 준은 나와 유우타에게 따끈따끈한 타코야키를 건넸다.

야외의 의자에 앉아서 먹는 타코야키가 얼마 만인지. 다시 학생시절로 돌아간 듯 설레는 마음으로 유우타에게 말했다.

"유우타. 타코야키 받았잖아. 아저씨한테 고맙습니다— 인사해야지?"

"아, 아저씨이~?! 형이라고 불러!"

수염이 거뭇거뭇한 뺨이 씨익 누그러졌다.

준은 주뼛거리는 유우타 앞에 웅크리고 앉아서 상냥하게 미소를 지어 보였다.

"유우타. 타코야키 좋아해?"

"……."

우물쭈물하는 유우타의 머리를 그가 슥슥 쓰다듬었다.

"귀엽네~!"

눈꼬리가 축 처지는 저 옆얼굴.

멋지다고는 할 수는 없지만 마음이 편안해지는 저 미소가 좋았다.

"역시 타카코랑 닮았어."

"엣, 그래?"

다들 남편을 닮았다고 하던데.

"낯을 가리잖아. 다른 사람 표정만 살피고."

"……."

"이런 애는 등산을 다니면 좋아져. 내 자연 학습 투어에 참

가시키는 게 어때?”

“뭐야. 영업하는 거야?”

아무렇지 않은 듯 얼버무렸다. 닮았다는 게 그런 쪽이었어?

그렇구나.

응석을 부리듯 내게 매달리는 유우타의 등을 쓰다듬었다.

이 아이는 나랑 닮았어. 내향적이고 짜증이 많고, 징징대고, 마음대로 안 되면 금방 울고…….

어라……?

난 갑자기 불안해졌다.

이 아이도 ‘장조’ 일까? 혹시 이 아이도?

일단 왕 선생님에게 물어봐야겠어…….

“아무튼 깜짝 놀랐어!”

타코야키를 구우면서 준이 말했다.

“타카코를 만날 수 있을 줄이야! 이 지역을 맡길 잘했네.”

“…….”

“어때. 잘 지내고 있는 거지?”

“응. 그럭저럭…….”

타코야키를 집으면서 난 아무렇지도 않게 행복한 척했다.

“신축 빌라를 샀거든. 대출금 갚느라 정신없지, 뭐.”

“헤에. 대단하네. 이쪽은 집값이 비쌀 텐데.”

“응. 그래도 남편이 금융계 쪽에 종사하니까 어찌어찌…….”

“우와! 금융 쪽 일을 해?!”

"겉보기엔 그냥 느긋하고 다정한 아저씨야."
왜 이런 거짓말을 하는 거지?
스스로가 한심해졌다.
"그이는 야근 때문에 매일 늦거든. 저러다 건강 해칠까 걱정이야. 나도 일하겠다고 했는데 걱정 말고 육아에 전념하라고 하더라고……."
"헤에."
"아참, 나 이번에 애들 유치원에서 장기자랑 때 입을 의상을 만들게 됐어. 나 예전에 의류회사에서 일했었잖아. 그래서……."
도대체,
난 뭘 지키려고 하는 걸까.
순수하게 다시 만나서 반갑다고 하는 준을 견제하는 것처럼 공허한 말을 늘어놓으면서…….
"그렇구나……."
준이 문득 조용해졌다.
능숙하게 타코야키를 뒤집는 옆얼굴이 왠지 쓸쓸해 보여서 눈을 뗄 수가 없었다.
제멋대로일지도 모르지만, 날 아직 좋아하고 있었으면.
……그 마음에 답할 수는 없겠지만.
크흥. 준이 코를 훌쩍이더니 손가락 등으로 눈을 문질렀다.
"아~제길. 연기가……."
"괜찮아? 눈에 들어갔어?"

나는 얼른 일어서서 손수건을 건넸다. 하얀 레이스가 달린, 고급 손수건.

준이 손수건을 물끄러미 바라보다가 당황한 듯 말했다.

"아, 아니야! 됐어! 더러워질 거야."

"괜찮아. 써."

"아니야."

준은 트레이닝복 소맷부리로 눈을 문질거리며 닦더니 한숨을 푹 내쉬었다.

멋쩍은 듯 나를 힐끗 쳐다보고는 다시 타코야키를 굽기 시작했다.

"…사모님이 됐구나."

"무슨 소리야 갑자기?"

"아니. 대단하다 싶어서. 귀여운 아이까지 두고."

그러면서 유우타 쪽을 쳐다봤다.

그 눈은 벌써 부드러운 기색을 띠고 있었다.

"맞아. 아줌마가 됐지, 하하."

"아니야. 겉모습은 옛날하고 똑같아."

그래?

기쁜 나머지 목덜미가 간질거렸다. 언제나 나를 둘러싸고 있던 우울의 누에고치가 조금 풀린 것 같았다.

"춥지? 어디서 가볍게 한잔 할까? ……아, 사모님한테 이러면 안 되나?"

"무슨 소리야. 오랜만에 밀린 얘기도 나누고 좋지. 어차피 남편도 늦게 들어오는데……."

앗, 하지만…….

"패밀리 레스토랑도 괜찮아? 유우타 때문에."

그것 역시 내 나름의 견제.

엉뚱한 짓 할 마음은 추호도 없어.

추억은 추억일 뿐이니까.

내 마음을 알아차렸는지 준도 쾌활하게 웃으면서 '오케이!' 라고 말했다.

*   *   *

즐거운 밤이었다.

환한 패밀리 레스토랑에서, 유우타는 햄버거를 먹고 우리는 맥주를 마셨다.

옛날 이야기를 하며, 가끔 유우타의 입가를 닦아주며.

단지 그뿐이었다.

떳떳하지 못할 일은 전혀 없었는데…….

기분 좋게 유우타의 손을 잡고 집으로 돌아오던 난 집 앞에서 우뚝 멈춰 서고 말았다.

방의 불이 들어와 있다.

남편이 와 있는 것이다.

거짓말! 왜 하필 이런 날만 골라서…….

집에 들어서자 심기가 불편해 보이는 남편이 있었다.

"밥은?"

"미안해요. 지금 바로 할게요……."

"……이렇게 늦게까지 어딜 그리 싸돌아다니는 거야?!"

벼락같이 내리꽂히는 남편의 호통에 나는 고개를 수그렸다. 시계를 쳐다보니 아홉 시였다.

그렇게 화낼 정도의 시간이야……?

"술 마셨어?!"

"미안해요. 슈퍼에서 옛날 친구를 만나서……."

"하! 주부는 좋겠네! 내가 야근하고 있을 때 항상 이런 식으로 놀러나 다니고!"

이게 그렇게 노여움을 살 만한 일일까. 남편은 시뻘건 얼굴로 고래고래 소리를 지르더니 주먹으로 식탁을 쾅 내리쳤다.

유우타가 흠칫 놀라더니 울음을 터뜨렸다.

"우아아아아앙……!"

"시끄러!"

남편은 유우타의 목덜미를 잡아채더니 아이 방으로 끌고 갔다.

"너무 난폭하게 굴지 말아요!"

"시끄러! 당신은 그런 말 할 자격 없어!"

쾅! 하고 온 집안이 흔들릴 정도로 아이의 방문을 닫은 남편이 나를 거칠게 쏘아봤다.

"남자 만난 건 아니겠지……?"

남편은 어두컴컴한 복도에서 눈을 번득이며 나를 바라봤다. 등줄기에 소름이 쫙 끼쳤다.

왜 이러지?

오늘 이 사람 좀 이상해…….

"확인해 주지……."

남편은 손가락을 쫙 편 두 손으로 거칠게 날 잡아챘다. 옷이 찢어질 것 같아서 비명을 질렀다.

"안 돼! 하지 마요……! 싫어……!"

"왜 싫어?! 당신 역시……!"

"아니…… 아무 일도 없어…… 요……! 시…… 싫어! 이러지 말아요, 여보! 제발……!!!"

엄청난 힘에 떠밀려 복도에 쓰러진 나는 차가운 바닥에 세게 어깨를 부딪쳤다.

싫어! 이러지 마……!

남편은 고지식하긴 해도 성실한 사람이었다.

최근 여러 가지로 짜증을 내긴 했지만 성적으로는 담백하고, 이렇게 난폭하게 굴 사람이 아닌데.

"싫어……! 아앗……!"

그런 사람이 내 옷을 찢어발기고 나를 짓누르고 있었다.

"싫어! 아파…… 아파요……!"

저항을 하면 할수록 남편은 흥분해서 내 뺨을 치고 가슴을 우악스럽게 주물렀다.

문 너머로 유우타의 울음소리가 들렸다. 유우타가 들으면 안 돼, 그렇게 생각하자 소리도 크게 낼 수 없었다…….

"여보……! 안 돼요…… 제발……!"

애원해도 소용없었다. 남편은 내 스커트를 젖히더니 스타

킹과 팬티를 끌어내렸다.

"시끄러……. 내가 널 어떡하든 내 마음이야……!"

그런……!

남편은 내 다리를 크게 벌리더니 무릎을 구부려 올렸다. 위에서 남편의 성난 물건이 창처럼 내리꽂혔다.

"아으으…… 으윽……!"

젖지도 않은 그곳이 억지로 벌어지자 필사적으로 침입자를 밀어내려 애썼다. 하지만 소용없었다. 남편의 물건이 무자비하게 내 그곳을 헤집었다.

"당신, 이런 짓 좋아하잖아. 그러니까 애도 낳았지……!"

아무렇지 않게 모욕적인 말을 내뱉으며 반복해서 내 아랫도리를 쑤셔댔다.

"아아악! 아, 아악……!"

"그렇게 좋아? 헤픈 여자 같으니……. 아니면 다른 남자 품에 안긴 뒤야? 응?!"

"아, 아니라니까……! 아, 아학!"

"하핫, 이제야 좀 젖는군. 뭐야, 좀 더 조여…… 어서! 조이라니까……?"

당신은 이런 데 말고는 쓸모가 없는 여자니까.

눈물 때문에 벽도 천장도 뿌옇게 보였다.

아직도 대출금이 잔뜩 남은 우리 집.

꿈꾸던 생활은 이런 게 아니었어.

이건 너무해…….

……도와줘요, 왕 선생님…….

준…….

5.

"저런 몹쓸……!"

이야기를 들은 왕 선생님이 달칵 소리를 내며 홍차 잔을 내려놨다.

"그런 남자랑은 지금 당장이라도 헤어지세요……!"

갑자기 떨리는 목소리. 치료실을 처음 방문했을 때의 온화한 모습과는 딴판이 된 왕 선생님이 언성을 높였다.

흥분을 참는 듯 눈썹을 찌푸리더니 손가락으로 미간을 지그시 눌렀다.

"어떻게 그렇게 비열할 수가……."

이렇게 화를 내주는 것만으로도 나는 구원을 받는 것 같았다.

"남편도 지쳐 있었던 것 같아요……."

난 자조적으로 말했다.

"뭔가 스트레스를 받았을 수도 있고……. 매일 야근을 하면서 가족을 위해 열심히 일을 하고 있는데 간만에 일찍 들어와 보니 마누라가 없으면, 아무래도……."

"타카코 씨."
왕 선생님이 날카로운 목소리로 내 말을 잘랐다.
"왜 감싸죠? 아니, 그렇게 해서 자기 자신을 보호하고 싶은 마음은 알겠는데……."
나는 눈을 내리깔았다.
그래요. 난 내 선택을 후회하고 싶지 않아요.
반려자로 그 사람을 선택한 내 아둔함을 인정하고 싶지 않아요.
"하지만 타카코 씨, 냉정하게 생각해 보세요. 모든 것은 행동에 드러납니다. 어떤 입장에서도 나쁜 남자는 나쁜 남자고, 쓰레기는 쓰레기예요."
왕 선생님이 다정하게 내 손을 잡았다.
"타카코 씨. 그 사람은 약한 남자예요. 아무리 스트레스가 있었기로서니, 가장 먼저 지켜야 할 자신의 아내, 그리고 자기보다 힘이 약한 여성을 함부로 대하는 남자는 약한 개예요."
"……그럼 저도 약한 개네요."
눈시울이 뜨거워졌다. 나 역시 스트레스를, 지켜야 할 아이에게…….
"화풀이했잖아요……."
"고칩시다. 타카코 씨."
왕 선생님이 두 손으로 내 손을 감싸 쥐고 천천히 어루만졌다.
동정이었을지도 모른다. 하지만 위로하고 싶어 하는 마음이 손바닥을 타고 전해져 왔다…….
“어떡하면 되나요? 선생님…….”
“으음. 일단 식사를 합시다.”
커다란 손이 내 뺨을 어루만졌다. 엄지손가락으로 눈가에 맺힌 눈물을 살짝 닦아줬다.
“같이 따뜻한 전골이라도 먹을까요? 타카코 씨의 증상에 효과가 좋은 음식으로.”
난 그가 이끄는 대로 움직였다.
마치 이미 약속 되어 있었던 듯, 조금 기다리자 두 명의 소년이 전골이 올려진 상을 밀고 들어왔다. 이 치료원에 처음 왔을 때 안내를 해주었던 소년들이었다.
식사가 준비되자 왕 선생님은 제자인 두 명의 소년을 물렸다.
지금은 조용히 있고 싶어. 왕 선생님이 그 마음을 알아준 것 같아서 고마웠다.
“자, 드세요. 돼지 염통을 넣고 끓인 전골이에요.”
펄펄 끓은 냄비 속에는 야들야들한 염통과, 양배추와…… 그리고 이건 무슨 야채지?
“금침채라는 백합과 식물이에요. 금침채는 중국에서는 ‘망울초(忘鬱草)’ 라고도 불리는데, 슬픔이나 우울함을 잊게 해준다는 의미죠. 불안, 불면, 신경 안정에 효과가 좋아요.”
주부로서 꽤 생활해 온 나로서도 처음 보는 재료였다.
“백합 뿌리도 불안감이나 가슴의 울렁증, 불면을 개선하는 데 효과가 있다고 해요.”

"가끔 슈퍼에서 본 것 같아요. 해 먹어보지는 않았지만……."

"다음에 꼭 드셔 보세요. 백합뿌리를 말리면 '백합'이라는 생약이 된답니다. 그만큼 약효가 강해지죠. 자, 어서 드세요."

왕 선생님이 재촉하자 나는 머뭇거리며 염통을 집어 입으로 가져갔다. 내장 종류는 별로 안 좋아하는데…….

"아! 맛있네요!"

신선해서인지 씹을수록 고소한 육즙이 배어 나왔다.

"이번에는 '심장'에 문제가 있기 때문에 염통을 썼습니다."

왕 선생님이 설명을 해줬다.

"염통은 심장이죠. 중국에서는 '이장보장(以臟補臟)'이라고 해서, 약해진 장기와 같은 부위를 먹는 것으로 그 장기의 기능을 보양할 수 있다고 봐요."

"전 역시 심장이 안 좋은 건가요?"

"그렇죠. 나쁘다기보다, 기가 약해졌다고 하는 편이 맞겠지만……."

조금 전문적인 얘기지만.

잠깐 말을 멈추더니 왕 선생님이 부드럽게 얘기를 시작했다.

"심장, 간장, 비장, 폐, 신장의 오장 중에서 '심장'은 정신활동과 감정 조절을 관장하기 때문에 심장이 약해지면 정신활동에 문제가 생길 수밖에 없어요."

"정신 활동에……."

"심장은 그것을 에워싸고 있는 '심포(心包)' 라는 기관에 의해 보양을 받는데, 심포는 장(臟)이 아니고 부(腑)라서 스스로 양분을 생성할 수 없고, 그 어머니 격인 간에 의해 양분을 공급받아요."

하아…….

난 애매하게 고개를 끄덕였다. 잘 알아들을 수 없었다.

왕 선생님이 피식 웃음을 터뜨렸다.

"간은 말 그대로 간장이에요. 간장은 '노여움의 장기' 라고 불린답니다. 분노나 스트레스가 쌓이면 상하기 쉽죠."

"노여움의 장기……."

"그러니까 스트레스가 심하면 심장에도 영향을 미치는 거예요."

"흐응……."

어쨌든, 스트레스를 받으면 안 된다는 얘기잖아. 화를 내는 것도 안 좋고.

하아, 하고 한숨이 터져 나왔다.

하지만 어떡해야 그렇게 할 수 있는지 모르겠는걸.

"아무래도 환경을 바꾸는 게 제일 중요하겠죠."

왕 선생님이 선뜻 말했다.

하지만…….

묵묵히 생각에 잠긴 나에게 왕 선생님이 쓴웃음을 지었다.

"간장은 '침묵의 장기' 라고도 불린답니다. 타카코 씨처럼 잠자코 있다가…… 그러다가 어느 순간 손쓸 수 없을 정도로 손상돼 버리거든요."

"…그래도, 그게 그렇게 간단한 문제가 아니잖아요!"

울컥해서 따지는 나에게 왕 선생님은 미소만 지을 뿐이었다.

"자, 자. 타카코 씨처럼 금방 발끈하거나 생각에 잠기기 쉬운 사람은 밀을 많이 먹는 게 좋아요."

"밀이요?"

"밀은 간을 보하는 곡물이랍니다. 심약해진 간장을 보충함으로써 심장의 안정을 이끌어내는 거죠."

"저 빵은 엄청 좋아해요. 하얗고 포근포근한 거."

"으음……. 이왕이면 전립분이 좋은데. 껍질이나 배아를 분리해서 갈지 않았기 때문에 영양적으로 더 우수하거든요."

의사 선생님처럼 그가 말했다.

"어쨌든, 타카코 씨의 심장이 편안해지기를 원하고 있어서 자연스럽게 빵을 좋아하는 취향으로 나타났을지도 모르겠네요."

그러고 보니, 이 사람 의사 선생이지……. 그의 말을 들으며 따뜻한 차를 마셨다. 조금 맛이 이상했다.

내 표정을 읽었는지 왕 선생님이 말했다.

"수면에 도움이 되는 안면차예요. 밀과 대추, 감초 등을 블렌딩해서 추출했답니다. 나중에 처방해 드리겠습니다만 한방에 감맥대조탕(甘麥大棗湯)이라는 탕약이 있어요."

"가, 감맥……?"

"마찬가지로 통밀, 대추, 감초, 음식에 가까운 생약 세 가지만으로 만드는 처방이죠. 처방 구성이 너무 온건하기 때문인지 약제로서는 크게 주목을 받지 않고 있습니다."

"……."

"그런데 어떤 한의사가 남편을 잃고 홀로 지내는 노파에게서 밤마다 가슴이 울컥해서 눈물이 날 것 같다는 상담을 받고, 이 약을 처방해 주었더니 효과가 아주 좋았다고 해요. 우울과 슬픔을 완화시킨 거죠."

"헤에……."

"한방 고서에 '마음의 병에는 밀을 먹을 것'이라고 기술돼 있기도 해요. 부드러운 약을 먹고, 양질의 식사와 수면을 취하고……."

왕 선생님은 다시 말을 반복했다.

"그리고 환경을 바꿔보는 거예요."

남편과 헤어지라는 건가?

하지만 이혼하면 생활이……. 일을 할 자신도 없고…….

"전 구제불능이에요……."

지금껏 들은 처방이 다시 머릿속에서 날아갔다.

"선생님 같은 남자를 좋아했더라면 좋았을 텐데."

"그런 남자가 있지 않나요?"

"네?"

생각도 못한 질문에 고개를 들었다. 왕 선생님이 다 알고 있다는 표정으로 턱을 쓰다듬었다.

"지난번에 타카코 씨가 저를 통해 누군가를 떠올리고 있었잖아요."

"에? 아, 그, 그건……."

빰이 확 달아올랐다. 눈치챘나?

"아니에요, 그건……."

"괜찮습니다. 저는 타카코 씨의 무의식이 원하는 대로 당신을 안았던 겁니다."

"……."

"당신이 속에 감춰둔 사람이 떠오르도록."

"…그런 게 아니에요."

"바람은 이뤄져요."

왕 선생님이 단호하게 말했다.

"언제나, 강하게 빌어보세요. 행복하고 싶다고. 그리고 사람들을 행복하게 하고 싶다고."

그가 내 빰에 체온을 재어보듯 손등을 댔다. 내 체온 대신 그의 체온이 전해져 왔다.

"타카코 씨. 행복은 구하는 자에게 찾아오는 거예요. 하지만."

왕 선생님이 사슴처럼 맑고 풍부한 눈빛으로 날 물끄러미 바라봤다.

"상대방한테 기대기만 하고, 받기만 하려고 하면 안 돼요. 나도 같이 주지 않으면 놓치게 돼요."

말은 쉽지만…….

"…줄 게 아무 것도 없단 말이에요, 저한테는."

작은 목소리로 그렇게 대답했다.

스스로가 생각해도 비겁한 대답이지만.

왕 선생님이 역정을 낼까 두려웠다.

하지만 왕 선생님은 '잠깐 실례' 하고 중얼거리더니 내 가슴에 가만히 손을 댔다.

아, 심장이 있는 곳…….

"일단은 이렇게 손을 대주세요. 타카코 씨의 소중한 유우타에게……."

"아……."

맞다, 유우타…….

일단은 유우타를 행복하게…….

'그리고' 하고 왕 선생님이 말을 이었다.

용기를 가져보세요.

진흙탕 속을 헤쳐 나갈 용기를.

6.

내 뱃속에서 나온 작은 몸뚱이.

이불 속으로 손을 넣어 유우타의 가슴에 살며시 손을 얹었다.

유우타는 후아아, 하고 숨을 내쉬더니 만족스러운 표정으로 눈을 감았다.

"유우타. 기분 좋아?"

"응……."

항상 난리법석을 치면서 피곤에 지칠 때까지 잠을 자지 않던 아이가 얌전히 눈을 감았다.

그리고는 금세 새근새근 잠이 들었다.

다행이야…….

희미하게 위아래로 움직이는 가슴에 손을 얹은 채로 나는 눈물을 글썽였다.

이렇게 간단한 걸 못해줬다니.

그 정도로 마음의 여유가 없었어. 내가…….

살그머니 유우타에게서 손을 떼고 몸을 돌려 누웠다.

컴컴한 어둠 속에서 천장을 바라봤다. 두 손을 겹쳐 모으고 가슴의 중앙에 대봤다.

남편은 아직 들어오지 않았다.

들어와도 이런 걸 해주진 않는다.

아니, 설령…….

그렇게 해준다 해도 난 이제 안심하고 남편에게 몸을 맡길 수 없을 것이다.

그리고 나 역시, 피곤한 남편을 치유하려는 마음은 조금도 없었다…….

"왕 선생님……."

지금은 왕 선생님의 마법에 걸려 있다.

치유 받고 마음이 진정돼 있다.

하지만 또 피곤해지겠지.

「환경을 바꿔보는 거예요.」

그 방법밖에 없는 걸까.

「용기를 가져보세요.」

너무 이기적이지 않을까……?

*　　　*　　　*

슈퍼에 장을 보러 가니 준이 타코야키 가게에서 몸을 내밀고 인사를 했다.

"안녕! 유우타!"

유우타가 수줍어하며 내 손을 잡았다.

나는 쓴웃음을 지으며 걸음을 멈췄다.

"내가 아니라 유우타야?"

"엣! 그, 그랬나?!"

준이 너털웃음을 터뜨렸다.

"유부녀한테 꼬리치면 안 됩니다요. 하하. 아, 유우타, 이리 와봐."

그렇게 말하면서 유우타에게 손짓했다.

그는 작은 컵에 타코야키를 담더니 웅크려서 유우타의 손에 쥐어줬다.

멍하니 서서 그 모습을 바라보고 있는데 준이 고개를 들어 이쪽을 쳐다봤다.

"장 보고 와."
"응?"
"유우타는 내가 보고 있을 테니."
"그, 그래 줄래? 고마워……."
다행히도 유우타는 준과 함께 있는 것에 어느 정도 익숙해졌는지 보채지 않았다. 손을 흔드는 유우타에게 나도 손을 흔들어주며 마트로 들어갔다.
쇼핑카트를 밀면서 생각했다. 난 왜 준하고 헤어졌을까.
…맞아. 일이 힘들어서였지.
날 지켜줄 사람을 원했다.
준을 좋아하긴 했지만 자주 산에 오르는 직업인지라 연락하기가 힘들었다.
친하게 지내는 그의 동료 무리와 어울리지 못하는 것도 외롭게 느껴졌다.
게다가 이따금 들리던 결정적인 한마디.
「준! 언제 결혼할 거야?」
「아~난 결혼 못할 것 같아. 자신 없어!」
그래서 난 몰래 이별을 결심했다. 그리고 남편을 만나…….
…좋아해 보려고 했다.
장을 보고 타코야키 가게로 돌아와 보니, 유우타가 타코야키 접시를 높이 쳐들고 비틀거리면서 손님한테 나르고 있었다.
'잘 하네!' 하는 준의 칭찬에 유우타가 의기양양하게 가슴을 내밀었다.

"유우타. 아저씨 도와주고 있었어?"

유우타가 고개를 끄덕였다. 그리고는 다시 준한테 달려갔다.

준이 유우타의 머리를 쓰다듬으면서 날 향해 씨익 웃었다.

"뛰어난 알바생이야~!"

"어머? 그럼 알바비도 줘야지!"

내가 가볍게 농을 치자 준은 웃으면서 '타코야키 맘껏 먹어!' 하고 말했다.

"그럴까, 그럼?"

"그래. …아, 아차차!"

준이 황급히 청바지 뒷주머니에서 핸드폰을 꺼냈다.

"이런. 문자 한다는 걸 깜빡했네."

준은 타코야키가 타지 않도록 신경 쓰면서 빠르게 자판을 눌렀다.

누굴까. 설마…….

아무렇지도 않은 척 살짝 떠봤다.

"여자친구?"

"응."

…아. 역시 여자친구가 있었구나.

그렇구나…….

욱신거리는 가슴의 통증을 모른 척하며, 난 준을 놀렸다.

"살다 보니 준이 문자를 보내는 걸 다 보네?"

"이거 왜 이러셔. 나도 배운 게 많다고. 놓친 뒤에 후회해

봤자 소용없다는 거."

그거 지금 내 얘기……?

어색한 표정으로 입을 다문 내게 준이 허둥거리며 말했다.

"아니야. 타카코만 그런 게 아니라."

"몇 명 있었나 보지?"

"아니, 그 정도는 아니고……. 가만 있어봐, 이거 혹시 내가 내 무덤을 판 거?"

하하핫, 하고 웃음을 터뜨리는 미워할 수 없는 사람.

허구한 날 산에 오르는 바람에 겨울에도 벌겋게 그을린 피부. 쾌활한 눈매.

왠지 더더욱 가슴이 욱신거렸다.

"준은 그대로인 게 좋은데."

"응?"

"억지로 문자를 보내다니 준답지 않아."

"……."

"준은 그냥 자유롭게 살아. 그런 모습이 보기 좋았단 말이야."

"…그래놓고 도망갔잖아."

…맞다. 나는 그런 준에게서 도망쳤다. 그래놓고 지금 왜 이렇게 흥분하는 걸까.

그래. 항상 나만 신경 써주던 준이, 여자친구의 기분을 상하지 않게 하려고 열심히 문자를 보내고 있어……. 그게 너무 질투나. 우와…… 내 성격 진짜.

"넌 전부터 성격은 나빴어."

"뭐?"

깜짝 놀라 고개를 들었더니 준이 무뚝뚝한 표정으로 타코야키를 뒤집고 있었다.

예리한 꼬챙이가 탁탁 소리를 내며 거세게 철판에 부딪치고 있었다.

"정말이지 제멋대로에."

곧바로 심장이 조여들 듯 아파왔다. 역시 화가 난 거지? 나한테…….

"나도 여러 가지로 생각하고 있다고."

"……."

"문자 정도는 나도 해."

준은 고개를 돌린 채 삐친 아이처럼 아랫입술을 삐죽 내밀었다.

"이미 나이는 찼는데 모아둔 돈은 없고, 푸우처럼 펑퍼짐하고……. 타카코 남편처럼 멋진 직장에 다니는 것도 아닌데……."

준이 시무룩한 목소리로 중얼거렸다.

정말이지 준답지 않아. 그리고…….

"문자라도 부지런히 보내지 않으면 어느 여자가 나한테 붙어 있겠어……."

저런 비겁한 말을 하는 사람이 아니었어. 언제나 자유분방하고 소년같이 천진난만했는데. 그런데…… 내가 이 사람을 이렇게 만들었어.

"…미안. 쓸데없는 소리를 해버렸네."

난 작은 목소리로 그렇게 사과한 뒤 유우타의 손을 잡고 일어섰다.

"가자……."

나 역시 배운 게 많아.

이제야 당신이 얼마나 좋은 사람인지 알겠어. 하지만.

…이젠 어떤 말도 할 자격이 없겠지.

준은 아이의 손을 잡고 집으로 돌아가는 나를 잡지 않았다. 가슴이 욱신욱신 아팠다.

왕 선생님.

길게 내리쬐는 저녁 햇살 속에서 다정한 눈매를 떠올리며 중얼거렸다.

이렇게 괴로운 건 '장조' 때문인가요?

아니면…….

"…엄마. 왜 그래?"

유우타가 걱정스러운 듯 내 얼굴을 올려다봤다. 눈물짓는 모습을 유우타에게 보이기 싫어서 난 앞을 똑바로 쳐다보면서 미소 지었다.

"아무 것도 아니야……."

왕 선생님을 만나고 싶다. 야단을 맞고 싶다.

그리고 다시 그 전골 요리를 먹고 싶다.

가슴이 편안해지는 것 같은, 생명력이 꿈틀대는 것 같은 따뜻한 음식으로 나에게 용기를 주고 싶다.

내 힘으로 이 우울한 매일을 벗어나서 유우타를 지켜줄 수 있을 만한 용기를.

…어떻게?

온몸의 피가 발끝으로 쑥 내려가는 것 같았다.

횡단보도에 멈춰 서서 도로를 오가는 차량 행렬을 멍하니 바라봤다. 더 이상 아무 생각도 하고 싶지 않았다.

눈앞이 하얘지면서 어지러워졌다. 나는 얼른 이마를 짚었다. 심장이 아팠다. 숨이 가빠졌다…….

"엄마……!"

꼭 깊은 물속에 잠긴 것처럼 유우타의 목소리가 웅웅거렸다.

유우타가 웅크려 앉은 나에게 매달리자 그 힘을 견디지 못하고 길바닥에 쓰러졌다.

"엄마! 엄마! 우아아아앙!"

울지 마…….

엄마는… 이제 지쳤어…….

사람들이 웅성거리며 모여드는 게 느껴졌다.

꼴사납게…….

그렇게 생각했지만 마치 스위치가 꺼진 것처럼 몸을 조금도 움직일 수 없었다.

이대로 잠들어 버리고 싶어.

영원히…….

볼에 닿는 차가운 아스팔트의 감촉이 어쩔 줄 모르는 날 비웃고 있었다.

일어나야 해…… 계속 걸어야 해…….

하지만, 이제, …싫어…….

"타카코……!"

7.

"예? 아니, 그건…… 아, 잠깐……! 쳇. 끊어버렸네!"
준이 언짢은 표정으로 핸드폰을 내 베개 맡으로 던졌다.
"무슨 남편이 저래?!"
침대에 누운 채로 난 힘없이 미소 지었다.
"바빠서 그래."
"뭐?! 그렇다고 와이프가 쓰러졌다는데 내버려 둬?!"
준은 길바닥에 쓰러져 꼼짝 못하는 날 둘러업고 집까지 데리고 와줬다.
연락할 필요 없다고 하는데도 준은 기어이 내 핸드폰을 가져가 남편에게 전화를 걸었다.
역시나 몇 번을 걸어도 연락이 안 되다가 겨우 전화를 받았나 했더니, 귀찮게 하지 말라는 식의 말을 들은 모양이다.
"뭐, 가벼운 빈혈 정도일 수도 있지만……."
"미안해. 나 이제 괜찮으니까 준도 어서 가게로 돌아가."
"신경 쓰지 마. 옆 가게한테 부탁해 놨으니까."
"미안해……."
"괜찮다니까. 아, 그래도……."
준이 잠깐 말을 멈췄다.

"남편이 돌아왔을 때 내가 있으면 좀 그렇겠지……?"

남편한테 전화할 때 준은 구급대원인 척했었다.

내가 남편한테 이런저런 오해를 받을까 봐 배려해 준 것이다.

코끝까지 이불을 끌어올리고 나는 살짝 한숨을 쉬었다.

차라리 오해를 받는 편이 좋을지도 몰라. 그리고 이혼당하는 편이.

어쩔 도리가 없어지면 나한테도 다시 일어설 힘이 생길지도.

그런 생각이나 하고 있는 나 자신이 혐오스러워서 준의 얼굴을 제대로 쳐다볼 수가 없었다.

준은 침대 옆에 양반다리를 하고 앉아서 유우타를 향해 '이리 와' 하고 손짓했다.

안절부절못하며 이리저리 서성이고 있던 유우타가 다가왔다.

준은 유우타를 번쩍 안아 올리더니 자기 다리 위로 앉혔다.

"아직 꼬맹이구나."

준이 다정하게 쓰다듬자 유우타가 까르르 웃었다.

즐거워 보여. 준이 유우타의 아빠라면 얼마나 좋을까…….

아아……. 난 정말 왜 이런 생각밖에 못할까. 남한테 기댈 생각만 하고…….

바보 같은 생각을 떨쳐 버리고 나는 두 사람에게 고개를 돌렸다.

"아이랑 잘 노네."

"응? 아아. 자연 학습 투어에 애들이 많이 오거든. 이래 봬도 애들한테 꽤 인기가 많다고."

"응. 그럴 것 같아."

"다음에 한번 와봐. 유우타랑."

그럴 기운이 있을까…….

내가 그런 생각을 하면서 애매하게 웃자 준이 걱정스러운 표정을 지었다.

"남편이…… 엄해?"

"응?"

"아니, 왠지……."

준이 우물쭈물했다.

"사이좋게 살고 있는 건가… 싶어서……."

드디어 거짓말을 들켰나 보네. 맞아. 행복한 척했을 뿐이야. 당신한테 과시하고 싶어서…….

말없이 생각에 잠긴 나를 보자 준이 갑자기 당황했다.

그가 유우타를 안은 채 방을 이리저리 두리번거렸다.

마치 행복의 증거를 찾으려는 것처럼.

"지, 집 좋네. 가구도 엄청 비싸 보이고……."

"응……."

"유우타도 좋은 옷을 입고 있고. 꼬맹이 주제에 건방지게, 요 녀석—!"

"응……."

내가 공허한 대답만 반복하자 준은 더더욱 당황했다.

역시 마음이 전부 표정으로 나타난다.

걱정 끼쳐서 미안…….

"정말이야……?"

고개 숙인 내게 준이 중얼거렸다.

"이러면 내가 곤란하잖아……."

곤란해……?

의외의 단어에 준을 쳐다봤다. 준이 얼른 눈을 피했다.

아아.

난 슬퍼졌다. 기대면 곤란하다는 말이구나. 나도 그 정도는 알아…….

"…나, 곤란하다고, 타카코가 행복해 보여서 겨우 포기했는데……."

에? 나는 놀라서 고개를 들었다.

얼굴을 외면한 채 카펫을 노려보던 준의 눈가가 촉촉해지더니, 붉어진 눈시울 아래로 굵은 눈물이 툭 떨어졌다.

"…근데 뭐야. 하나도 안 행복했잖아……."

준은 유우타를 꼭 안으면서 눈물을 참으려는 듯 미간을 찌푸렸다. 하지만 꽉 감은 눈에서 또 다시 투명한 물방울이 툭 떨어졌다.

"그러면, 내가, 곤란하다고……."

"준……."

그렇게 생각했어……? 나는 침대에서 몸을 일으켰지만 준의 떨리는 어깨를 보자 망설여졌다.

내가 꿈꾸던 행복이 깨졌다고, 다정한 이 사람한테 매달려도 되는 걸까. 나를 위해 울어주는 사람한테…….

나는 숨을 크게 들이쉬고 애써 밝은 목소리를 냈다.

"울지 마, 준."

어두워진 분위기를 바꾸고 싶어서 일부러 준의 어깨를 탁 때렸다.

"내가 선택한 일이니까."

하아, 하고 머리를 떨군 준이 주먹으로 눈을 쓰윽쓰윽 비비더니 중얼거렸다.

"그렇지……."

"응."

그러니까, 앞으로의 일도 내가 결정해야지. 난 유우타에게 손을 뻗었다.

준에게 안겨 있던 유우타가 이쪽을 돌아보더니 환한 표정으로 침대에 올라왔다.

품에 쏙 안긴 유우타의 등을 어루만지며 생각했다. 괜찮아. 나한테는 유우타가 있잖아. 이 아이를 지키지 않으면 안 돼. 그러니까 잘 할 수 있을 거야.

…또 다시 가슴이 욱신거렸다.

한편으로는 부담을 느끼는 내가 싫었다.

누구든 이런 식으로 고민할까? 아니야. 좀 더 애정을 가지고 열심히 사는 엄마나 아내들도 많을 거야…….

"…난 빵점이야."

"응? 무슨 소리야?"

"난 정말이지 좋은 아내도, 좋은 엄마도 아닌 것 같아."

"에엣! 정말~?"

준이 눈을 크게 떴다.

"의외네."

"그래?"

"응. 좋은 아내가 될 거라고 생각했거든."

문득 옛날 일을 떠올리는 듯 준의 눈빛이 아련해졌다.

"옛날에 스웨터나 목도리 같은 거 잘 떠줬잖아. 가끔 도시락도 싸주고……."

"뭐, 뭐야, 갑자기."

당황스러워진 나는 괜히 준에게 핀잔을 줬다.

"귀찮아했었잖아. 내가 자꾸 몰아세워서 힘들었지?"

"응? 아니……."

준이 멋쩍은 표정으로 말했다.

"…내가 나빴지, 뭐."

"뭐가?"

"아니, 나는… 다 알아줄 거라고 생각해서……."

준이 말끝을 흐렸다. 그리고는 고개를 숙인 내게 주저하며 말을 이어갔다.

"사실 기뻤어, 나……. 산에 있을 때도 타카코가 떠준 스웨터를 입으면 항상 안심이었어. 동료들한테도 우쭐거리며 자랑할 수 있었고. 난 정말 잘해보고 싶었는데……."

그가 한숨을 쉬며 말했다.

"내가 너무 응석을 부렸나 봐……."

그런……!

가슴이 찌릿하고 아파왔다.

정작 같이 있을 때는 몰랐던, 이제 와서 알게 된 그의 진심.

내가 너무 둔했던 걸까?

“그런 건 말을 해줬어야지……. 아님 어떻게 알아?”

“그렇지……? 미안!”

준이 짓궂은 표정으로 무릎에 손을 얹더니 고개를 꾸벅 조아렸다.

“미안했습니다!”

“아이참, 뭐야, 진짜~”

나도 몰래 웃어버렸다.

웃음 사이로 눈물이 배어 나왔다. 결국, 나는 응석을 받아주지 못했다는 것이니까…….

“준을 좀 더 믿을걸.”

“으음……. 하지만 내가 좀 제멋대로긴 하잖아. 책임지기도 싫어하고.”

“뭐야. 하나도 안 변했어!”

마치 예전으로 돌아간 듯한 대화에 살짝 가슴이 아려오던 때.

유우타가 날 쳐다보더니 ‘배고파!’ 하고 말했다.

시계를 쳐다보니 저녁 여섯 시.

벌써 이런 시간이라니. 저녁 준비를 서둘러야겠어.

“먹고 갈래?”

“아냐. 괜찮아. 그냥 갈게.”

그래…….

쓸쓸했지만 나는 고개를 끄덕이고 현관 앞까지 배웅을 나갔다.

뒤꿈치가 구부러진 스니커즈를 발끝에 걸치고 끌면서 준이 말했다.

"또 옷 같은 거 안 만들어?"

"글쎄……. 모르겠어."

"아깝잖아. 센스도 좋은데."

고마워. 준이 그렇게 말해주는 것만으로도 마음이 가벼워지는 것 같아.

실제로 갑갑하게 조여들던 가슴의 통증이 조금 진정된 것 같았다.

잃어버렸던 자신이 돌아온 것 같은 묘한 기분이었다. 겉돌고 있는 애정이라고 생각했는데 사실은 그가 무척 기뻐해 주고 있었다니.

"고마워."

"응? 그래. 힘내고."

갈게. 그렇게 말하고 준이 현관문 손잡이를 잡았다. 하지만 왠지 등을 진 채로 가만히 멈춰 서 있었다.

"…왜 그래?"

"아, 아니……."

준이 내 기색을 살피듯 고개를 돌렸다. 수염투성이인 입가가 조심스레 꿈틀거렸다.

"…나 있잖아, 곧 야쿠시마(屋久島)로 가."

그래?!

"축하해!"

난 얼른 그렇게 말했다. 다른 말이 튀어나오기 전에.

야쿠시마에서 민박을 운영하면서 가이드 일을 하는 것. 그게 준의 오랜 꿈이었다.

"고마워. 이제야 겨우 돈을 모았지 뭐야."

준이 멋쩍은 듯 머리를 긁적거렸다. 그리고 물끄러미 나를 바라보다가 딴 곳으로 시선을 돌리며 말을 이었다.

"있잖아……. 괜찮다면, 타카코……."

8.

있잖아……. 괜찮다면, 타카코…….

…같이 가지 않을래?

내 살갗으로 미끄러져 들어오는 준의 손길에 나는 황급히 눈을 감았다.

이런 식이었나……?

옛 연인의 애무는 그때보다 조금 더 능숙해진 것 같았다.

하지만 자칫 잘못하면 부서져 버릴 것을 만지듯 조심스럽고 부드러웠다.

준…….

깊은 숲 속에 자리 잡은 중고 민박.

쓰러질까 걱정스러울 정도로 낡았지만 바로 옆에 에메랄드빛 개울이 졸졸 흐르고 있었다.

전기를 끄면 칠흑 같은 어둠이 찾아오는 공간에서, 나는 바람에 흔들리는 나뭇잎 소리에 귀를 기울이며 그에게 몸을 맡겼다.

준은 아무 말도 하지 않고, 그저 맹렬하게 키스를 계속했다. 그리고 목덜미로 살며시 혀를 뻗었다.

"아……!"

소리 내면 안 돼.

유우타가 깨.

하지만, 준의 손이 사타구니로…….

"으응……!"

준은 거친 숨결로 내 귓가를 간질이며, 허벅지와 허리를 부드럽게 쓰다듬었다.

나도 준에게 안긴 채 그의 가슴이며 어깨며 등줄기를 어루만졌다.

그래. 이런 느낌이었어.

준은 입술을 깨물고 신음을 참으면서 자기 몸 이곳저곳을 쓰다듬는 내 손을 잡더니 아래쪽으로 끌어내렸다.

아…….

갑자기 내 아랫도리가 간질거렸다.

서 있어…… 엄청난 기세로…….

매끄러운 준의 분신을 천천히 위아래로 어루만지자 준이 뜨거운 신음을 내뱉었다.

그리고는 곧 흥분을 참을 수 없는 듯 내 가슴 사이로 얼굴을 파묻었다.

"아아……."

준의 입술이 내 가슴을 강하게 집어삼켰다. 뾰족한 혀끝이 동그란 언덕 위를 쿡쿡 간질였다.

"으응…… 하아……!"

달콤한 자극에 유두가 빳빳하게 일어서다 못해 비틀리는 것 같은 파문이 일었다.

준은 그 파문을 넓히려는 듯 천천히, 온 힘을 다해 혀를 놀렸다.

"아아…… 하……!"

나는 달아오른 몸을 어쩌지 못하고 눈썹을 찡그렸다.

"응……?"

낮게 속삭이는 짓궂은 목소리. 이렇게 날 원하고 있었으면서.

손가락을 저으며 단단해진 기둥을 간질이자 준이 신음하며 '기다려……!' 하고 말했다.

"싫어……."

……빨리. 빨리 내게.

이 섬에 오기 전부터 안기고 싶었다. 하지만.

「거기서 기다릴 테니까…….」

준은 그렇게 말하면서 날 건드리지 않고 먼저 가버렸다.

혼자서.

「…정말 나라도 괜찮겠어?」

다음 날 아침, 배에서 내린 유우타와 나를 마중나온 준이 그렇게 말했다.

당신이야말로 나라도 괜찮겠어?

아이도 딸렸는데.

“준…….”

손가락으로 머리칼을 흐트러뜨리며 속삭였다.

“제발, 빨리…….”

빨리 안아줘.

따뜻한 혀가 유두를 강하게 빨아올리자 숨이 멎는 것 같았다. 그래도, 좀 더 강하게…….

나를 그렇게 깔보던 남편은 막상 이혼을 요구하자 응하지 않아서, 이혼 조정 신청을 해놓고 왔다.

불안은 가시지 않았지만 준의 민박을 구석구석 닦고, 커튼을 만들어 달고, 침대 커버를 만들었다.

그렇게 일을 하고 있을 때는 우울의 누에고치가 점점 풀려서 숨통이 트이는 기분이었다.

준이 내 무릎 안쪽을 움켜쥐었다.

다리를 좌우로 크게 벌리더니 준이 내 사타구니에 입을 댔다. 부드럽게 빨고, 원을 그리는 것처럼 핥으면서 점점 그 중심으로 다가갔다.

"앗…… 아앗…… 아……."

부드러운 혀가 내 은밀한 오솔길로 접어들자 달콤한 샘물이 쏟아져 나왔다.

난폭한 남편의 애무에 익숙해진 몸이 갑작스레 찾아온 쾌감에 놀라 몸을 떨었다.

꽉 닫혀 있던 조개가 맥없이 입을 벌렸다.

"아… 아…… 부탁… 부탁이야……. 제발……. 아…… 아학……."

"쉿……."

준은 손가락으로 내 꽃주름을 활짝 열어젖혔다. 점막의 안쪽을 핥더니, 이번에는 마치 키스하는 것 같은 소리를 내며 민감한 돌기를 빨았다.

츄읍…… 츄읍…… 츄읍…….

"아, 아아! 주… 준…… 안 돼……!"

미칠 것 같아.

"으…… 으응…… 아아아……!!!"

손가락을 꽉 깨물고 허리를 흔들면서 나는 첫 번째 절정을 맞았다.

준이 등을 구부려 날 안아 올리듯 껴안았다. 기둥 끝이 스르륵 안으로 미끄러져 들어왔다.

"으으…… 아, 아항……!"

삽입의 충격에 정신없이 몸부림치는 내 입술을 자기 입술로 틀어막고, 준은 나를 시트에 파묻을 것처럼 격렬하게 허리를 놀렸다.

혀를 휘감는 사이사이로 준은 극심한 쾌감을 참는 듯 크게 숨을 내쉬었다.

개울물 흐르는 소리와 나뭇잎 흔들리는 소리밖에 들리지 않는 깜깜한 밤.

외설적인 행위가 더더욱 비밀스럽게 느껴졌다.

"으으응…… 하, 아아……! 아……!"

준의 그것이 안쪽 깊숙한 곳까지 파고들기 시작하자 온몸에서 땀이 비어져 나왔다. 나는 두 팔과 다리로 준에게 꼭 매달렸다.

왕 선생님은 바람은 이뤄진다고 했다.

용기를 가져 보라고 했다.

진흙탕 속을 헤쳐 나갈 용기를.

나에게 용기를 준 건 옛날 애인. 하지만 시간을 되돌리는 게 아니라 새로운 사랑을 시작할 것이다. 바로 지금부터.

"사랑해……."

"나도……."

……더, 해줘.

어라? 지금 이건…….

「저는 타카코 씨의 무의식이 원하는 대로 당신을 안았던 겁니다.」

모든 것을 꿰뚫어본 왕 선생님.

아마 다시 만날 일은 없겠지만 가르쳐 주신 것을 잊지 않고 이번에는 꼭 행복해질게요.

그리고 제가 사랑하는 준과,
누구와도 바꿀 수 없는 유우타를,
이번에는 꼭 행복하게 해줄 수 있기를.

어디선가 지켜보고 계시죠? 왕 선생님.
부디, 건강하세요…….

*　　*　　*

"타카코 씨가 진짜 야쿠시마에 간 거예요?"

치료실 선반을 청소하면서 선생님께 여쭤봤다. 선생님은 '그렇다고 하는구나' 하고 고개를 끄덕이며 편지에서 고개를 들었다.

만족스러운 미소.

난 언제 선생님 같은 성의(性醫)가 될 수 있을까.

"렌. 나중에 감맥대조탕 넉넉하게 끓여서 타카코 씨한테 보내 드리렴. 축하선물이라고."

"네."

나는 고개를 끄덕였다.

"론은 장조를 완화시키는 레시피를."

"네! 근데 이제 필요 없지 않을까요?"

유리창을 닦고 있던 론이 고개를 갸우뚱거렸다.

"환경도 변했고, 사랑도 넘칠 정도로 받고 있을 텐데."
"론, 너는 로맨티스트구나."
선생님이 유쾌하게 웃음을 터뜨렸다. 론이 입을 삐죽거렸다.
"선생님이 항상 말씀하시잖아요. 사랑하고 사랑받는 게 제일 좋은 약이라고."
"그래. 대자연과 사랑이 타카코 씨한테 편안함을 선사하겠지. 하지만 아직 불안정하니까."
또다시 스스로 행복을 무너뜨리지 않도록 해야지. 왕 선생님은 그렇게 말씀하시곤 시선을 내게로 돌리셨다.
"사람은 참 이상해. 사랑을 원하는 한편 사랑을 무서워하다니. 그렇지 않아, 렌?"
"네?"
뜨끔해서 순간적으로 선반을 닦던 손이 멈춰 버렸다. 하지만 금방 아무렇지 않은 얼굴로 청소를 계속했다.
"그런가요? 저는 아직 잘 모르겠어요."
선생님은 조용히 미소를 머금을 뿐, 더 이상 아무 말도 하지 않았다.
혹시 선생님은 알고 계실지도 모른다. 내가 어떤 여자와 사랑을 하고, 그리고 여기서 도망치려고 했던 것을.
"그래도 그 남편은 진짜 너무 심해! 같은 남자로서 참을 수 없어!"
론이 목소리를 높였다. 선생님은 뜨거운 약초차가 담긴 컵을 입으로 가져가며 말했다.

"그러게 말이다. 하지만 타카코 씨한테는 필요한 경험이었을지도. 필요한 일이 일어난 거야."

선생님은 그렇게 되풀이해서 말했다.

"한번 헤어지지 않았다면 타카코 씨도 준 씨도 자기 문제가 뭔지, 진짜 소중한 게 뭔지 깨닫지 못했을 거야."

그리고 쓰레기 같은 남편이 아니었다면 영원히 변할 수 없었겠지. 그 목소리에는 살짝 분노가 담겨 있었다.

이내 그 어조가 조소로 바뀌었다.

"남편도 아마 후회하고 있을 거야. 무거운 짐이라고 여겼던 아내와 아이가 얼마나 굳건하게 자기 인생을 지탱해 주고 있었는지 깨닫겠지."

"그럴지도 모르겠어요."

"그러니까, 이혼하게 된 건 안됐긴 하지만 잃을 건 잃어야지."

"……."

"그리고 인연이 있으면 몇 번을 헤어져도 다시 만나게 돼 있어. 이번 타카코 씨처럼."

선생님의 말은 겁쟁이인 나를 보듬기도 하고 책망하기도 하는 것 같았다. 내 결심이 흔들렸다.

나도 언젠가 그녀를 다시 만날 수 있을까.

그리고 그때 나는 성의로서의 무한한 애정과, 그녀 한 사람만을 향한 개인적인 애정을 스스럼없이 분리시킬 수 있을까.

그녀를 슬프게 만들지 않고…….

"운명은 정해져 있는 건가요?"

그렇다면, 알고 싶다.

"으음……."

선생님은 천장을 바라보며 생각에 잠겼다.

"그건 나도 고민해 본 문제인데."

이럴 때 난 선생님이 좋아진다. 선생님도 성의이기 이전에 한 사람의 남자라는 느낌이 든다.

"행복을 부르기 위해서는 역시 온 마음을 다해 노력할 수밖에 없을 것 같구나. 치료와 마찬가지로."

"……."

"그리고 초조해하지 말고 안달하지 말고, 운명의 심판을 기다려야지."

선생님의 쓸쓸하게 미소 지었다.

"사람이 할 수 있는 일을 마친 뒤에 하늘의 명을 기다린다……. 말은 쉽고 행동은 어렵지만 말이다."

그리고 창가를 바라보며 추억에 잠긴 듯 애잔한 눈빛을 띠는 선생님. 선생님도 기다리는 사람이 있는 걸까.

언젠가, 그걸 묻고 싶다.

솟구치는 정염
궁극의 절정에서 다시 태어나게 해줘

1.

그 사람 방에 불이 켜져 있는지 아닌지, 나는 매일 저녁 확인하러 간다.

달리 이상한 짓을 하는 건 아니다. 그저 일 때문에 바쁜 그 사람이 잘 살고 있는지 걱정될 뿐이다.

오늘밤은 열한 시가 돼서야 불이 켜졌다. 그걸 확인한 난 곧바로 근처의 만화 카페로 갔다.

개인실을 빌려서 인터넷을 연결하고, 그의 SNS 로그인 상태를 확인했다.

난 오늘밤도 여기서 지샐 생각이다.

잠깐 기다리자 그 사람이 로그인을 하더니 이러쿵저러쿵 메모를 적어 내려가기 시작했다. 오늘은 꽤 한가한 모양이다.

"얼른 자야 할 텐데."

나는 어두컴컴한 방에서 홀로 화면을 응시하며, 그의 넋두리를 읽어 내렸다.

파견 나온 여직원에게 대시해 봤지만 또 차인 것 같다. 흐음…….

"나한테 돌아오지."

나라면 언제까지라도 기다릴 텐데.

언제든 당신의 곁으로 돌아갈 수 있는데.

지금도 봐.

조금이라도 당신 곁에 있고 싶어서…….

언제든 당신을 제일 가까운 곳에서 응원하고 싶어서…….

나는 그 사람이 모르는 이름으로 로그인한 다음, 아무렇지 않게 그 사람에게 말을 걸었다.

『짜식! 뭐 그런 걸 가지고. 힘내.』

여기서는 남자인 척하고 있다. 말투도 남자처럼, 조심해서 연기하고 있다.

나라는 걸 들키면 안 되니까.

인터넷상에서 오다가다 만난 친구인 줄 알았는지, 그 사람도 금방 경계를 풀었다.

『고마워. 아아, 한 번 하기가 이렇게 힘드나!』

역시 몸을 노리고 있는 거야. 난 안도하며 기세를 올려 파고들었다.

『그 여자한테 작작 매달리고, 뭐하면 옛날 여친한테라도 연락해 보지그래?』

슬슬 내가 없는 쓸쓸함을 깨달을 때가 됐잖아?
그러니까… 지금쯤 여자가 필요할 때가…….
『싫어!』
단박에 거부당하자 손가락이 떨려왔다.
왜……?
『장난해?! 그런 스토커 같은 여자ㅋㅋㅋㅋ』
화가 치밀었다.
대체 내 어디가……!
그렇게 생각하고 있었던 건가? 언제부터? 사귈 때부터?
컴퓨터를 꺼버리고 싶었지만 그 사람의 말이 너무 신경 쓰여서 움직일 수가 없었다.
어느새 우리의 대화에 끼어든 댓글들이 많아졌다. 무책임한 친구들이 부추기자 그가 하나둘 말을 꺼내놓기 시작했다.
내가 그 사람한테 해준 모든 것이 귀찮았다고. 아침점심저녁으로 그 사람을 걱정해서 남긴 부재중 전화도, 일기처럼 써내려간 메일도, 아침 일찍 일어나 집 앞 문고리에 걸어두던 도시락도, 같이 퇴근하려고 기다렸던 것도…….
『짜증을 넘어서 이건 무서울 지경인데 ㅋㅋㅋㅋㅋㅋ』
『나 존나 사랑받은 듯ㅋㅋㅋㅋ』
너무해……!
사랑을 많이 주는 게 뭐가 나빠서?
당신이 감기에 걸렸을 때 간호해 준 게 누군데? 돈이 떨어졌을 때 빌려준 것도 나잖아!
게다가…….

어두컴컴한 공간에서 빛나는 화면이 눈물로 흐려졌다.
게다가, 당신이 먼저 날 좋아했으면서……!
다정했던 시절의 그 사람의 모습이 내 안에서 사라지질 않았다. 좋아한다고 속삭이던 목소리, 날 놀라게 해주려고 몰래 준비했던 선물, 쑥스러워하는 미소…….
『아아, 귀신은 뭐하나 몰라? 그 여자 안 잡아가고.』
뭐?!
화면 속에 떠오른 문자를 읽으면서도 난 내 눈을 의심했다.
설마 이게 지금…… 나 말하는 거야?
『지금도 어딘가에서 날 지켜보고 있는 건 아닌가 하고 생각하면 자다가도 벌떡 깬다니까!』
후훗. 나도 몰래 웃음이 터져 나왔다.
맞아. 보고 있어. 쭉.
그러나 그것은 기쁨의 웃음이 아니다.
눈물이 뺨을 타고 흘러내렸다.
눈도 마음도 그 사람에게서 떠나질 않았다. 사랑받기 때문에 사랑하는 게 아니야. 내 사랑은 그런 싸구려가 아니야.
그래. 이렇게 잔인한 남자라도.
아니지, 잔인한 사람이니까 더더욱…….
내가,
나만이, 변하지 않고,
이 사람을 사랑해 줘야 해…….
그때,

똑똑……

갑자기 들려온 문을 두드리는 소리에 난 깜짝 놀라 고개를 돌렸다.

누구지……?!

"손님……. 코지마 치즈루(小島千鶴) 씨……?"

주위를 살피듯 낮고 조심스러운 낯선 남자의 목소리였다.

…점원인가?

"네, 잠시만요……."

내가 뭐 실수한 게 있나?

얼른 눈물을 닦고, 쭈뼛거리며 개인실의 문을 열었다. 항상 접수창구에서 마주치던 점원이 쟁반에 음료수를 올린 채 문 앞에 서 있었다.

난 음료수 시키지 않았는데……?

"제가 드리는 거예요."

"예?"

왜?

당황하는 나에게 안경 너머의 길게 찢어진 눈이 수줍게 미소 지었다.

"저, 이 가게에서 오늘까지만 일하게 됐거든요."

"앗, 그, 그러세요……?"

그렇다고 일부러 인사를 하러 온 거야?

기쁘기도 하고 거북하기도 했다. 이런 데 단골손님이라고 인식된 거잖아, 내가.

어정쩡하게 음료수를 받아 드니, 그가 내 얼굴을 살피다

물었다.

"우셨어요?"

앗……!

나는 당황해서 손등으로 눈가를 문질렀다. 눈물은 닦았지만 아무래도 티가 나는 모양이다.

남자는 그런 나를 물끄러미 바라봤다.

"항상 신경이 쓰였어요."

"예……?"

"가끔 우는 소리가 들려서요."

아……. 내가 이 가게에 많이 찾아오긴 한 모양이다. 방음도 그렇게 잘 되는 편은 아니고.

"들어가도 돼요?"

남자의 말에 나는 다시 한 번 흔들렸다.

이게 지금 무슨 상황이지?

가만히 있는 것을 승낙이라고 받아들였는지, 안경을 쓴 점원은 방 안으로 성큼 발을 내디뎠다.

그리고 다시 내 손에서 채간 술을 테이블에 놓고, 소파에 앉았다.

"미안해요. 한 번은 얘기를 나눠보고 싶었거든요. 괜찮으면 이것 좀 드세요."

남자는 중얼거리듯 그렇게 말하면서 노트북으로 힐끗 시선을 던졌다. 나는 당황해서 얼른 화면을 가렸다.

"채팅 중이었어요?"

"아뇨. 그런 건 아니고……."

"남자친구?"

"네……."

나는 짧게 대답하며 말끝을 흐렸다.

남자친구가 아니에요, 지금은.

내 안에서는 아직도 남자친구지만…….

"사실은 아니죠?"

안경을 쓴 점원이 그렇게 말하자 난 발끈하며 그를 노려봤다.

"남자친구가 있다면 매일 이런 데 오진 않겠죠."

"…상관 마세요."

"다행이다."

에? 남자의 말에 나는 눈을 동그랗게 떴다. 다음 순간, 남자가 내 팔을 강하게 끌어당겨 나는 그의 품속으로 쓰러졌다.

"뭐, 뭐하는 거예요?!"

"쉿."

남자가 내 입술에 검지를 갖다 댔다. 그리고 다시 날 강하게 끌어안자 숨이 막히는 것 같았다. 오랜만에 느끼는 체온…….

"잠깐만…… 얘기 좀 해요. 얘기만이라도 좋으니까……."

그가 목소리를 낮췄다.

"신경이 쓰여서 참을 수가 없었어요. 알바를 그만두면 만날 수 없을 것 같아서 용기를 내 찾아온 거예요……."

날 붙든 채로, 안경을 쓴 그가 필사적으로 속삭였다. 비밀스런 얘기를 나누듯 작은 목소리로.

"계속 지켜보고 있었어요. 걱정하고 있었어요……."

……정말? 내가 그 사람을 쭉 지켜보고 있던 것처럼……?

"이거 마셔요. 그쪽이 자주 주문하던 술이에요……. 좋아하죠?"

나는 잔을 건네는 그 가는 손목과 손가락을 바라봤다. 정말로 나를 신경 쓰고 있었는지, 그 술은 늘 내가 이곳에서 마시던 것이었다.

…날 걱정하고 있었다고?

"마셔요. 천천히 얘기를 나눠요, 우리."

"…일은 어떡하고요?"

"괜찮아요. 일하는 사람이 한 명 더 있고 지금 시각은 한가하니까. 마셔요."

"그럼……."

난 잔에 입을 댔다.

응……?

나는 눈을 깜박였다.

이상하다. 원래 부드러운 맛에 비해 생각 이상으로 알코올 농도가 짙어서, 홀짝홀짝 마시다가 취하는 걸로 유명한 술이었다.

그런데 오늘은… 다소 첫맛이 평소보다 독한 것 같다.

"아이 참. 쭉 들이켜야죠."

"예? 예……."

남자가 잔의 바닥을 들어 올리자 나는 반사적으로 음료를 꿀꺽 마셔 버렸다. 안경 너머의 눈이 씨익 미소를 흘렸다.

"맛있었어요?"
"네……."
그래도 맛있긴 한…… 어?
"아, 아앗……?"
갑자기 눈앞이 빙글빙글 흔들렸다.
거짓말! 벌써 취한 거야?
나는 쓰러질 것 같아서 얼른 남자의 팔을 잡으려고 했다. 하지만 손에 힘이 하나도 안 들어가고, 팔이 소파로 털썩 떨어졌다.
엣? 말도 안 돼! 설마……?!
당황한 나는 도망치려고 했다.
하지만 힘을 하나도 줄 수 없었던 나는 흐릿해진 눈으로 안경을 쓴 남자 앞에 축 늘어졌다.
그런 나를 내려다보는 눈. 커다란 손이 마치 인형을 쓰다듬듯 내 몸을 어루만졌다.
남자는 옷 위에서 가슴의 둥그런 윤곽을 쓰다듬고, 손톱으로 그 끝을 잡아당겼다.
"아하…… 아……."
"움직이지 못하는데 느낌은 오나 보지? 앙큼하기는. 가만히 있어. 조금 있으면 소리도 낼 수 없을 테지만."

귀여워해 줄게.

2.

하아…… 하…… 아앗…….

아아… 아……, 하지…… 마…….

하지 마…… 거긴… 안 돼…….

…아학……!

어두운 만화 카페 한 켠의 개인실.

그곳의 소파 위에, 나는 발가벗겨져 있었다.

독한 술에는 무언가가 들어가 있었던 모양이다. 남자가 멋대로 내 몸을 주물럭거려도 손 하나 까딱할 수가 없었다.

안경을 쓴 점원은 집요하게 내 몸을 핥아댔고, 특히 가슴을 집중해서 빨았다.

아핫! 아……!

남자는 움찔움찔 경련을 일으키는 나를 보며 놀리듯 말했다.

"기분 좋은가 보네? 헤에……."

무섭고 분해서 고개를 돌리고 싶었지만 움직일 수가 없었다.

하지만 왠지 피부의 감각만은 예민해져 있었다. 남자가 옆구리를 쓰다듬는 것만으로도 나는 떨면서 신음했다.

나오지 않는 목소리로, 절규하면서.

친절하게 느껴졌던 기다란 눈매는 이제 그저 변태의 그것처럼 욕망에 젖어 번뜩이고 있었다.

"형태를 뜰 거야. 움직이지 마."

형태?! 뭐야, 그게!

내가 겁에 질려 있는 동안 남자는 내 가슴에 크림을 바르더니 꼼꼼하게 거즈를 붙였다.

그 위에 붓을 가지고 녹인 지점토 같은 것을 바르기 시작했다.

차, 차가워! 앗, 아……! 붓이 닿을 때마다 나는 몸을 파르르 떨었다.

"이것도 흥분돼? 치즈루 씨는 변태구나……?"

누가 변태야! 당신이 그런 말… 아…… 아아!

"움직이지 말라니까."

그렇게 말하면서 남자는 내 손을 잡더니, 손가락을 하나하나 입에 넣고 빨기 시작했다.

"후후……. 여자란 참 귀여워."

뭐야, 이 남자! 기분 나빠……!

싫어! 제발…… 누가 좀 구해줘요……!

그렇게 생각했지만 뜨뜻한 혀가 목구멍 깊숙이 잠겨든 손가락을 감싸고 할짝할짝 핥아대자 온몸이 오싹할 정도로 전율이 돋았다…….

아아아, 윽……!

단단한 혀끝이 손가락 관절을 간질이자 허리가 높이 솟아올랐다.

"어때? 전부 찍히고 있는데."

그 의미를 아플 정도로 잘 알 것 같아서 나는 다시금 절망에 빠져들었다.

나한테서는 안 보이지만 이 남자는 어딘가에 카메라를 설치해 두었을 것이다. 언젠가 내가 그 사람의 방에 몰래 카메라를 넣어둔 것처럼…….

"이제 말랐겠지?"

남자의 손이 내 가슴을 딱딱하게 가둔 석고를 만지는가 싶더니 그 주변을 쓰다듬기 시작했다.

손끝으로 쇄골을 어루만지고, 손바닥으로 어깨와 목덜미를 쓰다듬고, 흐트러진 머리칼을 가르고 귓불을 애무했다.

아…… 아아…… 안 돼……. 만지지 마…….

"그럼 떼볼까?"

피부를 덮고 있는 거즈를 뒤집자, 찌릿 하는 자극이 등골을 오싹하게 만들었다.

하아……!

이런 일을 당하면서도 쾌감을 느끼다니.

모양 좋게 떠진 가슴 표본을 보며, 그가 만족스러운 웃음을 지었다.

"예쁘게 본이 떠졌네."

왜 이딴 남자한테.

분해서 눈물이 나왔다.

사랑하고 있지도, 사랑받고 있지도 않은데.

그런데도 내 실루엣이나 영상이 이 변태 손에 들어가야 하는 걸까. 인터넷상에도 쫙 퍼지겠지…… 아마.

「왜 이런 짓을 하는 거야!」

지금까지 헤어진 남자친구들의 목소리가 뇌리에서 되살아났다. 왜라니? 좋아하니까 그렇지.

「도청기뿐인 줄 알았더니 카메라까지! 미치지 않고서야……!」

왜? 아니야……!

난 이런 변태랑은 달라. 사랑하는 사람한테 기분 나쁜 욕망을 들이댄 게 아니야.

그저…… 언제나 보고 싶어서, 전부 알고 싶어서, 거짓말을 하고 있지는 않은지 불안해서, 다른 여자한테 뺏길까 봐 두려워서…….

"우와! 치즈루 씨. 댓글이 장난 아니야."

뭐라고?! 나는 전율했다. 설마 이 장면이 생중계되고 있는 거야?!

컴퓨터 화면을 확인하고 싶었지만 움직일 수가 없었다. 하지만 눈가에 비치는 화면에 말도 안 되는 꼴을 한 누군가의 나체가 보이는 것 같았다…….

"인기 폭발인데? 치즈루 씨. 다들 귀엽다고 난리야……."

남자는 인형처럼 축 늘어진 내 다리를 들어 올려 무릎을 구부리더니 크게 벌렸다.

안 돼……!

하지만 움직일 수가 없었다.
어떡하지? 이대로 있다간……!
"모두에게 보여줘야지."
마치 애장품을 자랑하듯 의기양양한 말투. 천장을 향한 내 다리 사이로 작은 키홀더가 들어왔다.
그게 무엇인지 알고 있었다. 나도 사용한 적 있으니까.
그것은 도촬용 소형 카메라였다……!
"치즈루는 꽃주름이 조금 넓게 펴져 있네요~"
…싫어!
"꽃봉오리도 꽤 크네요……. 벌써 붉게 달아올라서 얼굴을 쏙 내밀고 있어요……."
손가락으로 주름을 젖히면서 소곤소곤 속삭이듯 중계하는 그의 옷깃에 작은 마이크가 붙어 있는 게 보였다.
정말 인터넷으로 나가고 있었어…….
처음부터 작정을 하고 개인실에 들어온 것이다.
남자가 민감한 곳을 자극할 때마다 부들부들 몸을 떨면서, 나는 모든 것이 무너진 것 같은 느낌이 들었다.
사소한 인생이 모두.
경악에 찬 나는 눈을 질끈 감았다.
더 이상 저항할 기력도 남아 있지 않았다.
나…… 이제 어떡하지……?
무수한 남자들이 화면 너머에서 날 눈으로 범하고 있었다.
혹시 그중에 헤어진 남자친구가 있을지도 모른다.
멍청한 여자라고 나를 비웃고 있겠지…….

한순간이나마 내 가슴을 뛰게 했던 기다란 손가락이 내 그곳을 사정없이 헤집었다.

"완전 젖었네요. 들려요? 이 소리……."

흥분한 목소리로 그는 이제 내가 아니라 화면의 저편을 향해 말을 하고 있었다. 그들과 함께 나를 희롱하는 것처럼.

가운뎃손가락이 안쪽으로 쑥 파고들자 나도 모르게 아앗…… 하고 신음했다.

그가 마치 품질을 확인하는 것처럼 손가락으로 안쪽을 비비고, 넣었다 뺐다 하며 감촉을 확인했다.

이런 행위가 매우 익숙한 듯했다. 마치, 그의 집을 염탐하던 나처럼…….

"…꽤 상급이군요. 자, 그럼 이제 넣어볼까요……."

철컥철컥, 하고 벨트를 끄르는 소리에 이어 청바지의 단추를 푸는 소리가 들렸다.

남자는 접혀 올라간 내 무릎을 가슴 쪽으로 강하게 누르면서, 둥글고 단단한 기둥의 끝을 내 은밀한 동굴의 입구에 갖다댔다.

아, 안 돼, 들어와……!

아, 아, 아, 아, 아, 아……!

뜨거운 곡선이 내 안으로 미끄러져 들어오자 내 등줄기가 멋대로 부들부들 떨렸다.

허벅지가 파르르 떨리고 깊은 숨이 가슴속에서 치밀어 오르자 문득 슬퍼졌다. 이런 때마저.

이런 상황에마저 흥분해 버리다니…….

파헤쳐지고, 범해지고, 그의 몸에 엉겨 붙는 순간에만 확실히 느낄 수 있었던 사랑의 시간.

그 기억은 이런 때마저 내 몸에 희열을 불러일으켰다.

무언가가 내 안에서 무너져 내리고 있었다.

그와 보냈던 행복한 시간이, 오직 그만을 사랑하며 살았던 그 시간들이.

「이게… 이게 무슨 사랑이야……!」

마지막에 외쳤던 그의 한마디가 환영처럼 귓전을 맴돌았다.

"오! 조이기 시작하네요……."

내 몸을 쪼개고 들어온 뜨거운 기둥이 더더욱 깊은 곳으로 미끄러져 들어갔다.

으응……, 아…… 안 돼……! 아아학……! 안 돼! 제발…… 거긴 제발……!

아귀처럼 입을 벌린 기둥 끝이 내벽을 긁어대자 저절로 식은땀이 비어져 나왔다.

아아아…… 아앗……!

남자는 움직일 수 없는 몸으로 뻣뻣하게 허리를 젖히는 날 보면서 기쁜 듯 중계를 이어갔다.

"제 물건이 만족스럽나 봅니다. 그렇게 좋을까요……. 날 그렇게 좋아하는 걸까요……."

좋아해, 좋아해, 당신을 좋아해…….

나는 눈을 질끈 감은 채 그 사람을 떠올렸다.
내 눈앞에 있는 안경 쓴 만화 카페 점원 따위가 아니라 그 사람을. 나를 실컷 탐한 뒤에 토사물을 보듯 불쾌한 눈빛으로 '없어져 버려!' 하고 내뱉던 남자를.
"모두들 보고 있다고. 치즈루 씨. 알아? 응……?
봐…… 좀 더 봐…….
변태 남자가 나한테는 어울려.
그를 괴롭게 한, 고통스럽게 사랑한 나는.
우스스…….
무언가 무너지는 소리가 다시 들렸다.
남자가 날 안아 올리자 오히려 안도감이 밀려왔다.
아랫배에 뜨거운 기둥을 박은 채로 난폭하게 가슴을 주무르는 손길에 난잡한 신음소리가 목구멍을 타고 넘어왔다.
좀 더 해줘, 좀 더, 좀 더…….
"우왓……! 장난 아니야. 완전 꽉 조여요……."
해파리처럼 축 늘어진 내 몸을 떠받치면서 남자의 허리가 나를 향해 거칠게 들썩이기 시작했다.
커다란 기둥이 내 안을 사정없이 헤집자 질끈 감은 눈 속에서 불꽃이 튀는 것 같았다.
그저 이것만을 보고 있고 싶었다.
그럼 아무것도, 아무것도 생각하지 않아도 될 테니까.
사랑하다, 사랑하다 버려진 나는, 이제 아무것도 생각하지 않아도 되니까.
무너진다.

무너진다…….

"웃……! 아! 버, 벌써……!"

아직 안 돼. 좀 더……!

조금씩 술기운이 떨어지는 걸까. 나는 어느새 허리를 꿈틀거리며 날 범하는 남자를 집어삼키기 시작했다.

"아…… 자, 잠깐……! 어이!"

남자가 뒤에서 팔을 잡자 나는 힘을 줘어 짜내 허리를 높이 들어 올렸다.

그 사람이 내 안에 있다.

욕망에 휩싸여 날 원하고 있다.

언제든 그것만이…….

그러나,

"…어이."

다른 남자의 목소리가 들리자 나는 눈을 떴다.

그리고 깜짝 놀라서 몸을 움츠렸다.

살짝 열린 문틈으로 다른 점원이 이쪽을 응시하고 있었다.

"어이, 나도 하게 해줘."

날 안고 있는 남자가 내 의사도 묻지 않고 대답했다.

"좋아. 들어와."

3.

너…… 뭐해?

새벽 무렵 만화 카페에서 풀려나 길가에 멍하니 쭈그려 앉아 있는 나에게 말을 건 것은, 중국식 복장에 코트를 걸친 갈색 머리의 소년이었다.

그는 다시 한 번 나에게 말했다.

"여기서 왜 이러고 있냐고?"

난 고개를 들고 힘없이 웃었다.

그러게.

내가 지금…… 뭘 하고 있는 걸까.

무슨 시간이 지났는지 모르겠다. 중간부턴 분명히 술기운이 사라졌다. 그렇게 독한 것을 넣진 않은 모양이었지만, 난 거부하지 않았다.

어차피 아무것도 없는 내가, 그런 남자에게 놀아나더라도 무슨 상관일까.

"…돈 좀 빌려줘."

당돌한 내 요구에 갈색 머리의 소년이 깜짝 놀란 듯 눈을 깜박였다.

"돈? 돈은 왜?"

"지갑을 잃어버려서."

그건 거짓말.

사실은 만화 카페에서 그놈들에게 뺏겼다.

현금뿐만 아니라 신분증이나 신용카드까지 전부.

「쓰진 않을게. 나 그렇게 나쁜 사람은 아니니까.」

안경은 그렇게 말하면서 협박했다.

「하지만 혹시 누군가한테 꼰지르면, 이번엔 사채지옥이 기다리고 있을 줄 알아. 가족도 엮이게 될 거니까, 잘 생각하는 게 좋을 거야.」

이상한 사람들이다.

그럴 생각, 하나도 없는데.

"…돈 좀 빌려줘. 전철 탈 수 있을 만큼만."

모르는 사람한테 뻔뻔한 부탁인 줄은 알고 있다. 하지만 지금의 나한테는 다른 방법이 없었다.

…헤어진 그 사람은 내 전화를 받지 않으니.

만화 카페에서 나와, 비틀비틀 거리로 풀려난 나는 의지하는 마음으로 그 사람에게 전화를 걸었다.

하지만 전에 몇 번이나 전화를 걸었을 때와 마찬가지로 반복되는 메시지가 내 가슴에 차가운 비수처럼 꽂혔다.

『…지금은 전화를 받을 수 없습니다. 지금은 전화를…….』

참을 수 없어진 나는 그 사람의 집으로 달려가 인터폰을 눌렀다.

도와줘! 부탁이야, 내 얘기 좀 들어줘! 날 도울 수 있는 건 당신뿐이야……!

그러나 돌아오는 것은 차가운 외침이었다.

「돌아가! 안 가면 경찰 부른다!」

인터폰 너머로 들리는 그의 성난 목소리.

왜 이렇게 미움을 사버렸지? 난 아직 그 사람이 좋고, 헤어져도 그 사람 곁에 있고 싶었을 뿐인데.

사랑했기 때문인가? 너무 사랑해서?

단지 남들보다 조금 더 사랑했을 뿐인데?

"돈 좀 빌려줘……."

나는 낯선 소년에게 고개를 숙였다. 아스팔트에 눈물이 툭 떨어지더니 검게 번져 나갔다.

내가 지금 뭘 하고 있는 걸까…….

소년은 고개를 숙이고 있는 날 한참 동안 가만히 바라봤다.

안 빌려주려면 마.

그렇게 생각하면서, 일어나려 했다.

"으음…… 그냥 빌려줄 순 없고."

순간 소년을 올려다보았다.

히죽 웃는 얼굴이 무엇을 말하는 것인지 뻔하다.

그래. 알았어.

하고 싶으면…… 좋아, 해.

난 순간적으로 그렇게 생각했다.

그 대신 돈을 줘.

어차피 이렇게 된 거, 몇 명이든 마찬가지일 테니…….

라고, 그를 쳐다보려 했는데,

"같이 장 좀 봐줘."
"뭐?"
생각도 못한 대답에 나는 말문을 잃고 소년을 바라봤다.
"장?"
"응. 나 지금 츠키지(築地) 시장에 장보러 가는 길이거든. 괜찮으면 같이 가서 짐꾼 좀 해줘."
츠키지? 짐꾼?
멍하니 올려다보는 나를 향해 소년이 허리에 손을 얹고 눈을 가늘게 뜨며 채근했다.
"갈 거야? 말 거야?"
"가, 갈게……."
난 당황해서 벌떡 일어나 무릎에 묻은 먼지를 털었다.

*　　　*　　　*

"론은 요리사야?"
그렇게 물었더니 소년은 고개를 저으며 대답했다.
"아니. 약선사."
엣, 약선이라면 중국의?
인터넷에서 본 적이 있었다. 남자친구의 건강을 위해서 이것저것 찾아보다가 발견한 사이트에서, 중국에서는 오랜 전통을 가진, 약을 다루는 약선사라는 것이 있다는 것을.
그게 일본에도 있었던 모양이다.
흐음. 츠키지에 장을 보러 오기도 하는구나. 꽤 본격적이네.

"당연하지! 재료가 신선하지 않으면 음식도 제대로 나올 수 없다고…… 들 하지만."

론이 하핫, 하고 밝게 웃었다.

"사실은 장을 보러 나오는 것 자체가 좋아. 신나잖아. 신선한 고기나 생선을 보면!"

흐음……. 신난다고……?

나는 주르륵 늘어선 생선들을 쳐다봤다. 확실히 신선해 보이긴 하는구나.

"대구를 사야 하는데…… 어떤 걸로 하지?"

"이게 좋을 것 같아."

나는 제일 탄탄해 보이는 대구를 골라 손가락으로 가리켰다.

생선가게 아저씨가 '아가씨, 생선 좀 볼 줄 아는데!' 하고 말하더니 호탕하게 박수를 쳤다.

"이런 게 진짜 맛있는 놈이야! 크기는 작지만 살이 쫄깃하고 기름이 적당히 배어 있거든."

그렇죠? 내가 칭찬을 받고 쑥스러워하자 론이 '헤에……' 하고 감탄하면서 나를 다시 쳐다봤다.

"뭐야. 생선에 대해 잘 알잖아?"

"…실은 엄마아빠가 식당을 하시거든."

"엣, 그래? 대단하다!"

별로 대단할 건 없지만.

나는 어깨를 움츠렸다.

너무 완고한 요리사 아버지. 항상 분주한 엄마. 남 얘기 하길 좋아하는 점원들.

가업을 잇고 싶지 않아서 집을 나왔다.

하지만 결국 내가 잘하는 건 요리 같은 것밖에 없었다.

처음 남자친구에게 요리를 해줬을 때, 그 기뻐하던 얼굴이 지금도 선하다.

…하지만 음식 잘한다고 기뻐하는 것도 처음뿐이었다.

서서히 내가 요리를 해주는 게 당연해지고, 턱 끝으로 나를 부려먹다가, 결국은 귀찮다며 싫어하게 된다.

누구나 똑같았다.

"아~배고파!"

대강 장을 보고 나자 론은 그렇게 말하면서 자기 배를 툭툭 쳤다.

"뭣 좀 먹을까?"

"엣, 하지만 나는 돈이……."

"걱정 마. 내가 쏠게. 아, 그렇다고 초밥 같이 비싼 거 먹으면 안 돼!"

론이 이끈 곳은 시장통의 노점에 자리 잡은 덮밥집이었다.

츠키지에서 웬 덮밥?

하지만 양념이 잘 밴 소고기를 김이 모락모락 나는 밥 위에 가득 얹은 소고기덮밥은 왠지 힘이 솟는 맛이었다.

"맛있어! 맛이 진해!"

그렇게 말하면서 웃는 내게, 론도 '가끔은 이런 것도 먹고 싶어진다니까' 하며 싱긋 웃었다.

"약선사라면서 이런 걸 먹어도 돼?"

"시끄러워! 맛있는 건 맛있는 거야! 따끈하니 얼마나 좋아!"

…응. 따끈해.

"당고(찹쌀이나 수수가루를 반죽하여 밤톨만한 크기로 둥글게 빚어서 쪄낸 후 고물을 바른 일본식 떡:역자 주)도 먹자!"

수북한 덮밥을 뚝딱 먹어치우고 먼저 자리를 떴던 론이 다시 내 쪽으로 돌진해 들어왔다.

"알아. 모스케(茂助) 당고 말이지?"

난 기분이 좋아졌다.

계속 이렇게 있고 싶었다.

하지만 론이 당연하다는 듯 나를 데리고 돌아가려고 했을 때, 나는 역에서 주저하며 멈춰 섰다.

"왜 그래?"

"…집까지 가는 거야?"

나는 경계했다.

론을 믿고 싶었지만, 아무리 무언가 내 안에서 무너졌다고 하더라도, 경계심이 드는 건 어쩔 수 없었다.

"당연하지. 안 그럼 그 짐을 어떡할 건데? 나보고 혼자 다 들고 가라고?"

"그래……."

그건 그렇지만.

난 여전히 망설였다.

지금까지 너무 즐거웠으니까.

너무 너무 즐거웠으니까,

혹시라도 론이 그 안경을 쓴 점원처럼 다정한 얼굴로 다가

와서 뒤통수를 친다면,
난 이제 누구도……
누구도 믿을 수 없을 것 같았다…….
론은 우물쭈물하며 좀처럼 움직이지 않는 나를 달래기 시작했다.
"별로 안 멀어. 전철 타고 몇 정거장만 가면 돼."
그래도 난 움직일 수가 없었다.
"미안. 나, 돌아가고 싶어……."
그러니까 돈 좀 빌려줘.
꼭 갚을 테니까. 오늘은 여기서 돌아가게 해줘.
의심은 어둠 속의 망령. 언젠가 책에서 읽은 구절이 머릿속에서 빙글빙글 맴돌았다.
어둠 속에서 어렴풋이 떠오른 당신이 나는 무서워.
그렇게 생각하자 잊고 있었던 피로가 한꺼번에 밀려오는 것 같았다.
그러고 보니 목욕을 하고 싶어.
그리고 무엇보다 깊은 잠을 자고 싶어…….
"미안. 돌아가고 싶어……."
그 말만 반복하는 나를 론은 기분 나쁜 듯 쳐다봤다. 그리고 한숨을 푹 내쉬었다.
"그렇게는 안 돼."
단호한 말투에 가슴이 철렁 내려앉았다.
왜? …하고 싶으니까?
난 반은 포기한 심정으로 눈을 내리깔았다.

…그래, 이 아이라면 괜찮을지도 몰라.

그저 날 갖고 놀다 차버려도 덮밥 값이라고 생각하면 되겠지.

같이 있는 동안은 분명 즐거웠으니까. 좀 전의 아팠던 시간이 희석될 만큼.

그 시간에 대한 보답이라고 여기면, 그래, 그냥 괜찮을지도 몰라.

하지만 론은 날 가만히 쳐다보면서 한참동안 망설이더니, 이렇게 말했다.

"너, 강간당했지?"

엣……!

온몸이 뻣뻣하게 굳는 것 같았다.

알고 있었어? 어떻게…….

"그래 놓고 지금 혼자 있으면 되겠어? 바보."

론은 내가 들고 있던 짐을 뺏듯이 가져갔다.

그리고 내 팔을 붙들고 날 억지로 끌면서 길을 걷기 시작했다.

"같이 가자. 안심해. 우리 집은 병원 같은 데니까."

4.

사랑을 시작하면 스스로에게 자신이 없어지고 불안감에 시달리시나요?

끓어오르는 격렬한 감정에 휘둘려 일상생활이 힘들어지진 않나요?

사랑을 하면 감정의 흔들림이 커진답니다.

그 감정의 풍부함, 아름다움, 그리고 싱싱함은 하늘이 주신 선물.

하지만 때로는 강한 의지로 그 흔들림을 억눌러야 할 필요도 있어요.

"조금 해독을 해두는 편이 좋겠어요."

론의 스승이라는 왕 선생님은 진찰을 마친 뒤 그렇게 말하면서 칸막이 너머로 말을 건넸다.

"론, 녹두를 달여서 가져와. 건더기랑 국물이랑 같이."

"옙!"

칸막이 저편에서 들리는 론의 목소리.

알몸을 보인 것도 아닌데 부끄러워진 나는 몸을 움츠렸다.

왕 선생님은 이미 내 알몸을 보고 있는데도 전혀 부끄럽지 않은데, 론의 목소리만으로 이런 기분이 들다니, 뭔가 이상하다.

그걸 눈치챈 왕 선생님이 내게 부드러운 가운을 입혀줬다.

"녹두라면… 숙주나물의 씨죠? 국수의 재료가 되기도 하는……."

"맞습니다. 잘 알고 계시네요."

왕 선생님이 미소 지었다.

"녹두에는 강한 해열 · 해독 작용이 있어서 중국에서는 약으로서 사용되고 있답니다."

"헤에……."

"식중독이나 숙취 예방에도 좋죠. 체내의 독을 배출하려면 녹두죽이나 녹두로 만든 경단을 많이 먹는 게 좋아요."

왕 선생님은 분명 내가 이상한 술을 마셨던 것을 알아차린 것 같다.

왕 선생님은 몸 여기저기에 난 상처에 연고를 발라줬다. 그리고 파랗게 번진 멍을 손가락으로 어루만지며 눈썹을 찌푸렸다.

하지만 아무 말도 하지 않았다.

「너, 강간당했지?」

론한테 들었을 텐데도.

"자. 이거 먹어."

론이 끓여온 녹두는 투명할 정도로 테두리가 얇은 백자 그릇에 담겨 있었다. 곁에는 붉게 칠해진 스푼이 놓여 있었다.

눈앞에 펼쳐진 하얗고, 빨갛고, 살짝 푸른 빛깔.

그 단정함에 마음이 편안해졌다.

"…맛있어요."

한 숟갈 입에 넣자, 은은한 향과 열기가 온몸에 퍼지는 듯한 기분이 들었다.

"그래요? 지금은 양념을 아무것도 넣지 않아서 먹기 힘들

수도 있어요. 약간 소금을 치거나 설탕을 넣으면 먹기 쉽긴 할 테지만요."

"아니에요. 담백하니 맛있어요."

"그럼 다행이군요. 일주일 정도는 매일 이렇게 드셔보세요."

아이를 다독이듯 다정한 목소리. 낡았지만 잘 관리된 듯 중후한 가구. 높은 천정.

방 한쪽 구석에는 산속 오두막에나 있을 법한 구식 난로가 푸른 불꽃을 피우며 공기를 덥히고 있었다.

정말이지, 평온한 공간이었다. 해 뜰 녘의 고즈넉한 초원의 별장처럼, 해 질 녘의 고산의 산장처럼, 온건한 분위기가 감돌았다.

멍하니 불꽃을 응시하는 내 시선을 읽고, 왕 선생님이 속삭였다.

"블루 플레임."

"네?"

"이런 파란 불꽃 말이에요."

그의 미려한 손가락이 난로 안의 불꽃을 가리켰다.

"제대로 보살피지 않으면 이런 식으로 아름다운 푸른빛을 띨 수가 없죠."

"왜요?"

"학교에서 안 배웠어요?"

왕 선생님이 놀리듯 내 머리를 쓰다듬었다.

"산소를 충분히 머금으면 불꽃은 파란색이 돼요."

그렇구나. 불꽃의 색깔은 연소 상태를 나타내는 바로미터.

푸른 불꽃은 조용히 흔들리며 이렇게 평온한 시간을 가져오고 있었다.

하지만, 내 불꽃은 활활 타는 붉은색. 언제나 산소가 부족해.

문득 가슴 한쪽이 아려왔다.

뭔가가 무너졌다고 생각한 그 지점.

괴로운 마음에 눈을 감은 순간, 나도 모르게 깊은 한숨이 새어 나왔다.

왕 선생님이 내 변화를 눈치챈 건지, 다가와 말했다.

"배가 따뜻해져서 그래요. 이대로 조금 주무세요."

아로마 향을 피우도록 하지요.

당신이 푹 잘 수 있도록.

왕 선생님의 속삭임이 꼭 노래 같았다.

스위트 마조람 세 방울…….

라벤더 다섯 방울…….

샌들우드 두 방울…….

파촐리 두 방울…….

"당신처럼 심장과 비장의 기운이 허한 사람, 사소한 일로 끙끙 앓거나 망상에 사로잡히기 쉬운 사람에게 추천하는 아로마 레시피랍니다."

왕 선생님은 아무렇지 않게 그렇게 말했다.

사소한 일로 끙끙 앓고 망상에…….

어떻게 알았지?

분명 만난 지 얼마 되지 않았는데, 이미 내 모든 것을 꿰뚫고 있다.

그 부드러운 미소가 무서워졌다.

"불면증을 겪고 있는 사람에게도 추천하죠. 밤중에 몇 번이나 잠을 깨거나, 악몽에 시달리는 경우에도."

은은한 향기가 나를 감싸고 코끝을 타고 들어와 눈 속까지 옅게 퍼져 나가는 것 같은 기분이 들었다. 그리고 손가락까지.

"이제 왕 선생님이 시키는 대로 조금 자."

론이 내 손을 잡더니 따뜻한 손바닥으로 내 등을 받치고 내 몸을 조심스럽게 침대에 뉘였다.

마치 공주님을 모시는 기사처럼.

나는 이런 식의 대접을 받을 만한 사람이 아니야. 눈물이 비어져 나오는 것을 꾹 참았다.

왕 선생님이 이불을 덮어줬다.

부드러운 실크 시트에 새털 같이 가벼운 이불.

난 두 손으로 얼굴을 감싸고 두 사람에게서 등을 돌린 채 보기 싫게 몸을 웅크렸다.

"…왜 이렇게 다정하게 대해주세요? 전 돈이 없어요……."

울어버릴 것 같은 기분을 간신히 참는다.

"치료비 걱정은 하지 마세요. 그것보다 지금은 잠을 자는 게 먼저예요."

왕 선생님이 이불을 부드럽게 다독였다.

"잠은 마음도 정돈해 주죠. 자꾸 우울해진다면 수면 부족도 그 원인 중 하나일 수 있어요."

"저는 그렇게 배려해 주실 만큼 가치 있는 사람이 아니에요."

어둡고, 질척대고, 망상을 넘어 집착에 사로잡힌…….

"전 스토커란 말이에요. 도청을 하고, 도촬을 하고, 컴퓨터로 감시하고, 집 주변을 배회하고, 숨어서 기다리고……. 범죄예요. 범죄. 알고 있었어요, 나도. 아닌 척했지만, 당연히 알고 있었어요. 기분 나쁘단 말도 많이 들었어요. 그만해야 한다고 생각했어요. 하지만 자꾸 저질러 버리게 돼요……."

나는 론의 얼굴도 왕 선생님의 얼굴도 볼 수 없었다. 하지만 고백을 멈추지 않았다.

"못된 짓을 하기도 했어요. 그 남자가 아니라 그 남자랑 친한 여자들한테. 전화를 건 뒤에 아무 말도 안 해서 불안에 떨게 만든다든지 가족이나 직장 사람들에게 음해 메일을 보낸다든지……."

"치즈루 씨."

왕 선생님이 부드러운 어조로 내 말문을 막았다.

"일단 주무세요. 아니면 밤시중이 없어서 잠을 잘 수가 없나요?"

밤시중……?

낯선 단어에 놀란 나는 흠칫했다.

밤시중이라면…….

"맞아요. 주군이나 남자를 위해 긴 밤을 같이 하는 것이죠. 그리고 때로는 그냥 잠만 자주는 게 아니라……."

왕 선생님이 내 손을 잡더니 입을 맞췄다.

"원하신다면 제가 밤시중을 해드릴게요. 외로운가요?"

뭐……?!

나는 반사적으로 왕 선생님의 손을 뿌리쳤다.

그런 뜻이 아니야!

후후후, 하고 짓궂은 웃음을 흘리며 왕 선생님이 일어났다. 그 눈짓에 장난스러움이 걸려 있다.

"곁에 론을 두고 가도록 하겠습니다. 잠들 때까지 지루하지 않게 말상대를 해드릴 거예요."

"엣! 아니……."

"물론 그 이상의 용도로 사용하셔도 무방합니다. …햇병아리이긴 해도 론도 성의(性醫)니까요."

성의? 그게 뭐지?

나는 이불 속에서 멍하니 눈을 깜박였다.

왠지 모르지만 론은 당황한 기색을 감추지 못했다.

"서, 선생님!!"

"네가 모시고 온 분이잖아. 잘 보살펴 드려."

그가 말했다.

"마음도. 그리고 몸도."

달칵, 하고 문이 닫히면서 왕 선생님의 모습이 사라졌다.

조용한 방에는 나와 론만 남게 됐다.

"…성의가 뭐야?"

론이 샐쭉한 표정으로 왕 선생님이 있던 자리를 노려봤다.

"됐으니까 잠이나 자."

"에, 뭔데 그래? 궁금하단 말이야."

"시끄러! 됐으니까 어서 자라고!"

론이 머리를 쥐어뜯으며 침대 끝에 털썩 앉았다.

"여기 있어줄 테니까!"

갈색 머리칼이 엉망진창으로 흐트러져 있었다.

"…거기 있으면 오히려 잠을 잘 수가 없잖아."

뾰로통한 얼굴이 이쪽을 향해 돌아섰다.

"그럼 어떻게 하라고!"

"왜 화를 내?"

나도 삐쳐서 이불 속으로 얼굴을 파묻었다.

성의가 뭐지?

그 이상의 용도라는 건 또 무슨 말……?

생각이 이상한 쪽으로 흘러가자 당황한 나는 얼른 눈을 감았다.

일단은 자자.

블루 플레임과 아로마 향기와, 다정한 영혼의 곁에서.

다른 것들은

눈을 뜨고 나서 다시 생각하자…….

5.

"앗! 아직 소금 넣으면 안 되지!"

"왜? 여기서 넣지 않으면 맛이 잘 안 밴단 말이야."

꼭 중국집을 연상시키는 본격적인 주방에서 나는 론의 요리를 돕고 있었다.

이건 왕 선생님의 지시였다. 이것도 치료의 일환인지는 모르겠지만, 어차피 할 줄 아는 것이니 시키는 대로 하고 있었다.

"됐으니까 그냥 가만히 보고만 있어!"

"그럼 도와주는 게 아니잖아."

따박따박 말대답을 하면서 나는 서서히 긴장이 풀리는 것을 느꼈다.

론은 왠지 만만했다. 연하라서 그럴지도 모르겠다.

혹시 남동생이 있다면 이런 느낌일까?

그런 생각을 하고 있는데 왕 선생님이 얼굴을 내비쳤다.

"꽤 좋은 콤비인데?"

그런 것 같기도…… 싶은 내 마음은 알지도 못하고 론은 '어디가요!' 라며 질색을 했다.

나도 발끈했다. 건방진~!

"나도 좋아서 돕고 있는 게 아니란 말이야!"

"흥! 웃기시네."

왕 선생님은 옥신각신하는 우리를 보면서 흐뭇하게 미소

지었다.

“잘하고 있어요. 치즈루 씨의 증상에는 이런 사소한 말다툼이 약이 된답니다.”

“에? 말다툼이?”

왕 선생님이 천천히 팔짱을 끼더니 나를 바라보며 미소 지었다.

“치즈루 씨는 심비양허(心脾兩虛)예요.”

무슨 말인지 모를 전문용어가 등장했다. 내가 쳐다보고 있으니 왕 선생님이 조곤조곤 설명해 주었다.

“심장과 비장 양쪽의 기가 모두 허해요. 지나친 정지(情志), 그러니까 감정이 오장육부의 기의 움직임을 흩뜨리는 바람에 스스로에게 상처를 입히게 되는 거죠.”

지나친 감정……. 나는 달걀을 쥔 채로 고개를 끄덕였다.

“저도 알고는 있는데, 어쩔 수가 없어요……. 그만 포기하자고 생각해도 자꾸만 생각나고, 아무리 해도 신경이 쓰이고…….”

“맞아요.”

왕 선생님이 고개를 끄덕이며 ‘악순환이죠’ 하고 말했다.

“지나친 생각이 비장을 약하게 만들고, 비장이 약해지면서 다시 망상을 초래하고.”

의사다운 분석이었지만, 왠지 가슴이 뜨끔한 말들뿐이었다.

“비장은 소화기관과 직결돼 있어요. 이 움직임이 저하되면 기혈을 생산할 수 없게 되고, 따라서 심장이 충분한 영양을 공급받을 수 없답니다. 심장이 약해지면 정서 불안을 초래하고요."

"정서 불안을……."

"사소한 일로 끙끙 앓거나 쓸데없는 생각에 매달리게 되죠. 자꾸 불안하니까 진정이 안 되고, 그러니까 더더욱 참기가 힘들어질 거예요."

하지만, 하고 왕 선생님이 말을 이었다.

"스토커 행위는 민폐일 뿐만 아니라 그 사람의 마음을 점점 멀어지게 만들기 때문에, 당신을 점점 더 불행하게 만들 뿐이에요."

"……."

그건 나도 알아. 집착을 하면 할수록 그 사람의 마음이 멀어진다는 것도. 알고 있지만 어쩔 수가 없는걸…….

"그런 의미에서, 여기서 내릴 수 있는 처방이 격노요법이랍니다."

"에?"

격노요법? 뭐야, 그게……!

우두커니 서 있는 내게 왕 선생님이 빙긋 미소 지었다.

"독으로 독을 제거한다고나 할까요? 감정을 가지고 감정을 누르는 거죠."

"감정으로 감정을……."

"네."

왕 선생님이 손가락을 움직이며 말했다.

"분노는 '양(陽)'의 기운에 속하는 것으로서, 기운의 움직임을 활발하게 하고 피의 순환을 좋게 해준답니다.”

“네…….”

“그러니까 화를 냄으로써 우울한 음(陰)의 기운을 떨칠 수가 있는 거예요.”

아. 그런 것도 있구나.

감탄하는 나를 향해 왕 선생님이 익살스럽게 윙크를 건넸다.

“론 녀석, 건방져서 자꾸 발끈하게 되죠? 지금 당신한테 딱 맞는 처방이에요.”

“아하~!”

“뭐라고요~?!!”

론이 눈을 부라리며 불평을 쏟아냈다.

“말도 안 돼요, 선생님! 건방진 건 이쪽이라고요! 제 요리에 자꾸 토를 달고!”

“이상하니까 그렇지.”

“전혀 이상하지 않아! 이게 정석이라고! 아아! 얘랑 있다가는 제가 병이 날 것 같단 말이에요~!”

일부러 하늘을 올려다보며 한숨을 푹푹 내쉬는 론에게 왕 선생님이 너그럽게 말했다.

“그런 말 말고 잠시만 즐겁게 말다툼을 하렴. 그게 치즈루씨를 치료하는 거야.”

“에~!! 싫어~!”

“넌 약선사인 동시에 성의이기도 하잖니? 육체를 쓰는 것만이 성의의 역할인 건 아니야.”

성의……. 그게 대체 뭐지……?

귀를 쫑긋거리는 나를 보자 론이 다시 당황했다.

"아, 알았어요! 아무튼 화를 내게 하면 되죠? 흥! 바보, 바보! 바보, 똥개, 멍청이!"

"뭐야, 그게. 초등학생보다도 못해. 바보 같아!"

나는 고개를 홱 돌리며 생각했다.

그래. 확실히…….

확실히, 론과 같이 있으면 마음이 맑아지는 것 같아…….

"오늘 밤은 여기서 자고 가세요. 아니, 괜찮다면 일주일 정도."

"예?! 아니에요! 안 그러셔도 돼요!"

왕 선생님의 말에 깜짝 놀란 나는 황급히 손을 내저었다. 치료비조차 못 낼지도 모르는데…….

처음 여기 온 날도 그렇고, 그리고 오늘도 그렇고, 왕 선생님은 치료비에 대한 이야기는 일절 꺼내지 않고 있었다.

"치즈루 씨. 일은 어떡하고 있죠?"

"……."

나는 아무 말 하지 못하고 머뭇거렸다.

항상 그 사람의 상황에 맞춰서 아르바이트를 전전하고 있었다. 언젠가 결혼할 거니까 그래도 상관없다고 생각했다.

그리고 최근에는 일할 기력조차 없어서…….

"본가에 돌아갈 마음은 없나요?"

"싫어요! 그것만은 절대 싫어요!"

오싹해진 나는 얼른 내 몸을 껴안았다. 갑자기 그 사람을 보고 싶다는 마음이 강해졌다.

부부의 인연이 닿지 않는다 해도, 언제까지나 그 사람 곁에 있고 싶어.

살그머니 그를 지켜보다가, 혹시라도 그 사람이 곤란에 처할 때면 언제든 도와주고 싶어.

"치즈루 씨에게 있어 그 사람은 병원균 같은 존재로군요."

"무슨……! 무슨 그런 실례되는 말씀을! 그 사람은……!"

"예를 들자면 그렇단 말입니다. 치즈루 씨."

왕 선생님이 눈을 치켜떴다.

"병을 고치려면 병원균에서 되도록 멀리 떨어져야 해요."

"그 사람은 병원균 같은 게 아니에요!"

나는 발끈해서 소리쳤다.

왕 선생님이 피식 웃었다.

"좋아요. 그렇게 하는 거예요."

아…….

왕 선생님이 일부러 화를 돋우었다는 걸 깨닫자 나는 갑자기 차분해졌다.

바보 같아. 아마 선생님도 론도 질렸을 거야…….

그렇게 생각하자 주눅이 들었다. 하지만 왕 선생님은 여전히 다정한 목소리로 '여기서 머물다 가세요' 하고 권했다.

"일주일 정도 떨어져 있으면 헛된 집념도 사라질 거예요. 그동안 심장과 비장을 보양하는 약선 메뉴를 만들어보죠."

"……."

"제멋대로인 민폐 행위까지 이르는 것은 허약한 심장 때문이지만, 그것만 탓하고 있어봤자 아무 도리가 없어요. 이대로는 참기가 어려울 거예요. 그렇지 않나요?"

"네……."

"바로 효과가 나타나는 것은 아니지만 식사와 생활을 정돈하고 심장과 비장을 보양하는 것만으로도 마음이 많이 차분해진답니다. 차차 참을성이 생기면서 집착도 떨칠 수 있을 거예요."

왕 선생님이 갑자기 무릎을 꿇더니 내 손을 잡았다.

놀랄 틈도 없이 손등에 입을 맞추어, 나는 흠칫하며 황급히 손을 거둬들였다.

왕 선생님은 그 손을 강하게 잡아끌었다.

"도망치지 말아요. 좀 더 우아하게. 좀 더 당당하게 행동하세요. 당신은 여성이니까."

"…왜 그래야 하죠?"

"당신은 무척 아름다워요, 치즈루 씨. 하지만 본인은 그걸 전혀 깨닫지 못하고 있어요. 좀 더 사랑받을 수 있는 기회를 놓치고 있어요."

왕 선생님은 진심으로 말해주었지만, 난 자신감을 가질 수 없었다.

그 사람도 그랬는데, 앞으로도 어차피…….

"…저 같은 걸 누가 사랑해 주겠어요."

"그렇게 생각하는 여성이 꽤 많더군요. 정말 안타까운 일이죠."

왕 선생님이 고개를 절레절레 흔들었다. 그리고 흠모의 눈빛을 담아 날 바라봤다.

"치즈루 씨. 여성은 남자를 쫓아가는 존재가 아니에요. 남자가 쫓아오게 만들어야 하죠. 경쟁하는 남자들 속에서 당신을 좀 더 행복하게 해줄 사람을 골라야 해요. 당신과, 언젠가 태어날 당신의 아이를 행복하게 해줄……."

"저는…… 그런 것까지 바라지 않아요."

전 그저 제가 사랑하는 그 한 사람에게 사랑받고 싶을 뿐. 나와 마찬가지로 강하게…….

"겸손하군요. 좋아요. 어쨌든 간에 지금은 그런 바람이 이뤄지기 힘들어요. 확실히 사랑받는 것은 그리 간단한 문제가 아니거든요. 게다가 그저 그런 남자가 아니라 괜찮은 남자의 사랑을 받는 것은……."

왕 선생님이 다시 내 손가락에 입을 맞췄다. 간지러워서 손을 빼고 싶었지만 애써 참았다.

"일주일 동안 저희와 함께 지내도록 해요."

일단은 흐트러진 당신의 기운을 추스른 다음,
멋진 남자를 사로잡을 숙녀로 거듭나게 해드리죠…….

6.

바작바작 타들어간다.
바작바작……, 바작바작…….

지금 뭘 하고 있을까?

지금 어디에 있을까?

오늘은 뭘 먹었을까?

내 생각을 조금은 했을까?

설마 나 말고 다른 여자를 집에 들이진 않았을까……?

"어디 가세요?"

한밤중의 어두컴컴한 복도. 문득 뒤에서 들리는 목소리에 나는 깜짝 놀라 멈춰 섰다.

돌아보니 론이 아닌 또 다른 소년…… 렌이 팔짱을 낀 채 벽에 몸을 기대고 서늘한 눈으로 날 쳐다보고 있었다.

"삼 일째면…… 슬슬 탈주할 시기가 됐다고 생각하고 있었어요."

"부탁이야! 한 번만 눈감아줘! 잠깐 보고 금방 돌아올게!"

"질리는 사람이군요. 일주일인데 그것도 못 참겠어요?"

나는 입술을 깨물며 고개를 숙였다.

"…매일 보고 싶단 말이야."

"만난 게 아니잖아요."

"만났어."

인터넷으로 매일 밤.

그리고 불이 켜진 창가 아래에 숨죽이고 서 있으면 그 사람 목소리랑 기침하는 소리가 들렸어.

"하하. 기분 나쁘게. 머리가 어떻게 된 거 아니에요?"

나는 코웃음 치는 렌의 얼굴을 무섭게 노려봤다. 네가 뭘 알아. 그렇게라도 매달리는 마음을.

"미안해요. 선생님께서 당신을 화나게 해도 된다고 말씀하셨거든요."

"…너 같은 애송이는 아직 몰라."

"남녀의 애정에 대해? 모르지 않는 것 같은데요. 아니…… 오히려……."

렌이 천천히 내 쪽으로 다가오더니 손목을 꽉 잡았다. 당황한 나는 그 손을 뿌리치려고 애썼다.

"뭐하는 거야! 손 치워……!"

"쉿. 괜찮아요. 난폭하게 굴지 않을게요."

그렇게 말하더니 렌은 내 손을 끌고 조용히 치료실 문을 열었다.

묵묵히 날 치료실 안으로 밀어 넣더니 문을 닫았다. 커튼 사이로 달빛이 가늘게 새어 들어왔다.

"실은 저도 조금 외로워요. 치즈루 씨……."

귓가를 간질이는 달콤한 속삭임에 눈앞이 아찔했다. 나를 감싸 안은 렌의 팔을 붙잡았다. 밀착된 몸을 타고 따뜻한 체온이 스며들었다.

"포기했는데도 가끔 잠들지 못하는 밤이 찾아오곤 해요……."

이 아이가?

그렇게 생각한 순간, 목덜미에 부드러운 입술이 닿자 나도 모르게 신음이 터져 나왔다.

"괴로운 일은 잊어버려요, 우리……. 오늘 밤만이라도."

따뜻한 혀가 천천히 목덜미를 오르내렸다.
“아…… 아아…….”
그 향기는 지금껏 본 렌과는 전혀 달랐다.
처음 소개받았을 때, 렌은 마치 조용히 피어 있는 난초 같은 소년이었다.
이곳에서 지내는 내내 론처럼 무례하게 굴지도 않고, 일을 도울 때도 늘 나에게 신경을 써주었다.
그런데, 지금은 전혀 달랐다.
다른 사람이 된 것처럼, 온몸에서 남성의 페로몬을 풍겼다.
손바닥이 옷 위에서 내 가슴을 어루만졌다. 마치 실루엣을 확인하는 것처럼. 그 무게를 즐기는 것처럼.
“보기보다 풍만하네요. 두근거려…….”
“하지… 마…… 아아…….”
기다려! 이러면 안 돼…….
렌이 허리를 바싹 갖다 대자 엉덩이 근처에 뜨겁게 달아오른 그의 욕망이 느껴졌다.
그와 동시에 머릿속이 온통 마비된 듯, 사고 체계가 흐물흐물하게 녹아버렸다.
그래도 일말의 이성이…… 내가 이성을 논하다니 웃기긴 하지만…… 아무튼, 일말의 이성과 자존심이 간신히 저항을 했다.
“하지 마……! 나 그런 여자 아니야……!”
불쌍한 여자니까 안아도 된다고 생각하는 게 치욕스러웠다. 그리고 인터넷에까지 음란한 모습을 퍼뜨려 버린 나 자신의 우매함도…….

하지만 렌은 멈추지 않았다.

"치즈루 씨. 만져 주세요……."

렌이 몸을 비트는 내 손을 잡고 자신의 욕망으로 이끌었다.

"아……."

살아 숨 쉬듯 펄떡이는 느낌에 아랫배가 묵직해졌다. 원하고 있어……. 아플 정도로 팽팽하게 부푼 채로…….

"날 위로해 줘요. 외로워요……."

마지막 반항.

"…누구라도 상관없는 거지?."

"지금은…… 당신이 좋아요."

"비겁하게……."

"그럴지도 모르죠."

렌의 입술이 서서히 다가왔다.

아…….

입술 끝에 입술이 닿자 나는 반사적으로 눈을 감았다. 렌은 부드럽게 내 뺨과 눈꺼풀에 입을 맞추고, 다시 천천히 입술에 입술을 포갰다.

"날 도와줘요. 잠을 잘 수가 없어요……."

렌이 달콤하게 입술을 빨자 한숨이 새어 나왔다.

그 한숨 틈으로 촉촉이 젖은 혀가 천천히 파고들었다.

혀와 혀가 옅은 물빛 소리를 내면서 얽혀들었다. 나는 부풀어 오른 그의 욕망을 가만히 쓰다듬었다. 그리고 한숨을 내뱉으며 물었다.

"…좋아하는 사람이 있어?"

"있었어요. 제가 먼저 떠나오긴 했지만."

나이보다 훨씬 성숙한 눈빛을 한 소년은 난처한 듯 눈썹을 찌푸렸다. 그리고 내 가슴을 어루만지며 다른 여자 얘기를 했다.

"왜일까요. 가슴에 스며들어서 사라지질 않아요……."

침대는 우리의 실루엣을 따라 부드럽게 잠겨들었다. 깃털을 품은 천이 둥실 떠오르며 내 귀를 가렸다.

"…어떻게 하면 되지?"

나는 약간 뒤틀린 어조로 중얼거렸다.

"가만히 있어요. 사랑하게 해주면 돼요……."

렌은 그렇게 말하더니, 마치 과일의 껍질을 벗기듯 천천히 내 옷을 벗기기 시작했다.

쇄골을 어루만지다가 가슴 쪽으로 흘러내리는 입술. 천천히 허벅지를 쓰다듬는 손가락.

"아……."

먹힐 것 같아…….

"으응…… 아, 하……!"

촉촉하게 젖은 혀끝이 봉긋 솟아오른 가슴을 정성스럽게 핥았다. 흥분한 언덕 위의 돌기가 꼿꼿하게 솟아올랐다.

몸이 달아오르자 나는 손가락으로 소년의 머리칼을 흐트러뜨렸다. 그 사람이 아닌 남자의 향기가 물씬 풍겼다.

"역시 안 되겠어……."

"그 정도의 남자예요……?"

렌이 내 무릎을 접어 올린 뒤 좌우로 크게 벌렸다. 손가락으로 검은 수풀을 헤집더니 다리 사이로 얼굴을 들이밀었다.

"원하는 향기가 나요……. 봐요, 이렇게 젖었는데……."

렌이 사타구니에 입술을 갖다 대자 나는 허벅지를 파르르 떨었다. 촉촉하게 젖은 점막을 할짝거리는 감촉.

"아아, 아…… 으응……! 안… 돼……!"

"그래요? 여긴 기다리고 있는 것 같은데?"

렌이 단단한 혀끝으로 한껏 달아오른 돌기를 건드리자 나는 허리를 흠칫하며 몸을 떨었다. 등줄기를 타고 솟아오른 쾌락이 나를 또다시 어쩔 수 없는 곳으로 인도했다.

스스로의 가슴을 붙들고 있는 내 모습을 바라보면서 렌이 빙긋 미소를 흘리는 것 같았다.

"엉큼하기는……."

왠지 깔보는 것 같은 말투에 몸이 뜨겁게 달아올랐다. 항상 그 사람이 그랬던 것처럼.

"혼자서 해봐요……. 그래, 지금 너무 아름다워요……."

아아……!

열중해서 가슴을 어루만지며 나는 눈을 질끈 감았다.

"치즈루 씨……."

넓게 벌린 다리 사이로 뜨거운 숨결이 닿았다. 혀끝이 오솔길을 오르내리며 꽃주름을 간질이더니 민감한 꽃봉오리를 찾아내 깊이 빨아들였다.

"—아윽!"

렌은 몸부림치는 내 허리를 강하게 눌렀다.

"아아아아…… 기, 기다려……!"

츄읍, 츄읍, 소리를 내며 빨아들이자 나는 정신을 못 차리고 시트 위를 뒹굴었다.

"으…… 하악! 아…… 아아…… 핫, 아, 아아아악……!"

허리가 멋대로 위아래로 꿈틀거렸다.

렌은 부풀어 오른 꽃봉오리를 입술로 꽉 붙들고 혀로 집요하게 핥아댔다. 그 움직임에 나는 숨을 쉬는 것조차 잊고 몸부림쳤다.

정말 사랑하는 이에게 선사하는 것처럼, 그 행위는 너무나 정성이 배어 있었다.

아, 안 돼……! 더 이상은…… 나…… 안 돼……!

그때 렌의 손가락이 거칠게 내 그곳을 쪼개며 밀려 들어왔다.

흐아아…… 하고 이상한 소리가 터져 나왔다. 다음 순간 단단한 혀끝이 내 안으로 쑤욱 파고들었다.

"하…… 아아악……!"

동시에 다시 가슴을 움켜잡았다. 마치 부풀어 오른 그의 분신처럼 딱딱하게 굳은 혀가 내 동굴을 거침없이 헤집고 들어왔다.

"흐…… 아아악……! 아악, 아…… 아아아……! 하아…… 으, 으, 아아아……!"

뭐라 말할 수 없는 느낌에 나는 그저 몸부림치며 가슴을 세게 움켜쥘 뿐이었다.

대단해……. 하지만 뭔가 모자라…….

좀 더…… 좀 더 깊숙이…….

미간을 찌푸리며 손가락으로 가만히 유두를 어루만졌다.

찌르르한 쾌락이 아랫배를 가득 메우자 나는 크게 입을 벌리고 신음하면서 머리채를 좌우로 흔들었다. 아아! 제발 어떻게 좀 해줘……!

넣어줘……!

점점 허리를 들어 올리며 무릎을 가슴께로 끌어당기고 그의 욕망을 받아낼 준비 자세를 취하는 나를 보자 렌이 나에게서 입술을 뗐다.

몸을 일으켜 손등으로 입가를 슥 닦더니 의기양양한 표정으로 날 내려다봤다.

"이제 날 원해요?"

나는 부끄러워서 고개를 돌렸다.

하지만 렌은 짓궂은 표정으로 내 얼굴을 들여다보며 자꾸만 손가락으로 젖은 입구를 간질였다.

"넣어달라고 말해봐요."

"넣어…… 줘……."

"뭘?"

부끄러워…….

하지만 렌은 내가 고개를 돌리도록 허락하지 않았다.

"말해요. 응? 너의 것을 넣어달라고."

"……."

"응? 왜요?"

나는 렌의 그곳을 가만히 잡았다.

촉촉하게 젖은 감촉과 펄떡이는 고동에 다시 한 번 신음했다.

"이거, 넣어줘……."

"뭘요?"

"네 것을…… 넣어줘……."

"…좋아요. 원하는 대로 해드리죠."

그렇게 말하면서 렌이 내 무릎을 붙들었다.

흔들리는 기둥 끝이 젖은 점막에 닿자 목구멍에서 가는 신음 소리가 터져 나왔다.

"넣어줘……."

아아……!

몰아닥치는 충격에 렌의 어깨를 꽉 얼싸안은 순간이었다.

갑자기 치료실 문이 열리더니 어렴풋한 복도의 불빛 아래 누군가의 그림자가 비쳤다. …누구?!

"…뭐하고 있는 거야!"

그림자가 소리쳤다.

……론!

7.

"…뭐하고 있는 거야, 렌!"

날카롭게 소리치는 론을 향해 렌이 놀리는 것처럼 싱글거렸다.

"왜 화를 내고 그래? 론……."

화를 내? 왜……?

"화내는 게 아니야."

론이 침대 맡으로 저벅저벅 걸어 들어왔다. 부끄러워서 황급히 오므리려는 무릎을 렌이 더더욱 크게 벌렸다.

"이것 봐, 론……. 여기 말이야. 점액을 휘감은 신비로운 꽃 같지 않아? 이렇게 촉촉하게 젖은 채로 내 물건을 기다리고 있어."

싫어……!

나는 무릎을 붙든 렌의 손을 치우려고 몸부림쳤다. 렌이 의미심장한 미소를 머금고 심술궂게 속삭였다.

"잠깐 붙잡고 있어봐, 론……."

론이 험악한 얼굴로 렌을 노려봤다. 하지만 렌은 빙글빙글 웃기만 했다.

"왜 그래? 너답지 않게……. 항상 같이 즐기자고 얘기했잖아. 설마, 치즈루 씨는 특별한 거야?"

뭐라고……? 나도 모르게 론을 올려다봤다.

론은 '…말도 안 돼' 라고 혀를 차더니, 팔짱을 끼고 우리를 내려다보았다.

"맘대로 해. 한창 하던 중이었지?"

"정말이지. 방해나 하고 말이야."

렌이 다시 나에게 덮쳐왔다. 활짝 벌어진 내 다리 사이로

뜨거운 렌의 욕망이 파고들었다.

"시, 싫어…… 이런 거……. 아핫!"

단단한 끝이 깊숙한 곳까지 스며들고, 팽팽하게 부풀어 오른 기둥이 좁은 동굴 속을 가득 메웠다.

"아, 아아아악……!

기다란 뱀이 땅을 스르륵 기어가듯 렌의 분신이 내 안으로 미끄러져 들어왔다.

그리고 갑갑한 동굴을 넓히듯 좌우로 머리를 꿈틀꿈틀 흔들어댔다.

"하아…… 싫어! 하지…… 마! 으응! 으…… 아아, 아학……!"

싫어……. 론이 지켜보고 있다고 생각하니, 멋대로 그곳이 움츠러들었다.

론이 못마땅한 얼굴로 말했다.

"…벌써 느끼는 거야?"

아니야! 그게 아니야!

나는 고개를 세차게 흔들었다. 하지만…….

아…… 아앗……! 닿았어…… 저 끝까지…… 아아아아아……!

"느끼는 거 맞잖아……."

충분히 내 그곳을 적신 렌이 거친 숨을 몰아쉬며 피스톤 운동을 시작했다.

"하아…… 아, 아, 아……!"

뜨거워……! 아앗……, 너무 뜨거워……!

낭창낭창한 허리가 앞뒤로 격렬하게 움직이자 나는 비명을 지르며 몸부림쳤다. 렌의 손가락이 더더욱 거칠게 가슴으로 파고들었다.

연속되는 허리놀림에 아무런 행동도 할 수 없었다. 몽롱한 의식 속에서 난 그 사람을 떠올리려고 했다.

하지만…….

"이쪽을 봐."

론이 내 턱을 붙들었다.

"당하면서도 흥분을 해?"

그런……!

불쏘시개로 휘젓는 것 같은 감각은 이게 쾌락인지 무엇인지도 알 수 없게 만들었다.

하지만 아랫도리를 에는 것 같은, 내장을 뽑아내는 것 같은 피스톤 운동은 내 온몸을 지배하고 말았다. 감정 역시…….

"이거 한번 써볼까……?"

잠깐 움직임을 멈춘 렌이 무언가를 꺼냈다.

위이잉……!

소리를 내며 부르르 떠는 그것을 보자 나는 숨을 꿀꺽 삼켰다.

바이브레이터……?

"이걸…… 여기다가……."

"아, 안 돼! 잠깐만……! 잠깐…… 아하아아아……!!!"

아앙……!!

목구멍 너머로 짐승 같은 절규가 터져 나와 치료실을 뒤흔들었다. 허리가 멋대로 들썩거렸다.

아플 정도로 내 안을 메우고 있는 단단한 기둥이 다시 앞뒤로 움직이기 시작했다.

부르르 떨리는 플라스틱이 알알이 곤두서는 쾌락을 가차 없이 뭉개 버렸다.

"아아……! 하지 마, 하지……, 하악! 부, 부탁이야…… 그만……! 주, 죽을 것 같아……! 아아아, 아아…… 아읏! 아…… 악……!!"

"가만히 있어."

론이 날 노려보며 명령했다. 그 눈빛을 마주치자 아무것도 할 수 없어졌다.

"으읍! 으…… 흐읍…… 후……! 으으읍……!"

머릿속에서 새빨간 불꽃이 휘몰아쳤다.

숨조차 쉴 수 없었다. 론의 눈빛만으로도 이미 호흡이 멈출 것 같았다.

어째서? 내가 원하는 건 평온한 나날인데. 왕 선생님이 가르쳐 준 블루 플레임을 꿈꿨을 뿐인데…….

위이잉, 하고 울리는 플라스틱이 찌르르할 정도로 달아오른 꽃봉오리 사이를 위아래로 휘젓고 다녔다.

무서울 정도로 몰아닥치는 쾌감에 나는 다급히 렌 팔을 붙들었다. 침이 흘러내렸지만 입을 다물 수가 없었다.

"으읍……! 흐…… 으으으……."

절정이 다가오자 나는 렌의 팔에 손톱 날을 세웠다. 피스톤 운동은 어느새 절구를 돌리는 것 같은 회전으로 바뀌었다.

렌은 양손으로 내 허리를 꼭 붙든 채로 무겁게, 깊게 내 안을 휘젓고 있었다.

"으으으응……! 우…… 아…… 하아……!"

그때 렌이 자세를 바꿨다.

"아아악……! 흐아아…… 아악! 아……!"

렌은 내 한쪽 다리를 어깨에 걸친 채로 더욱 깊숙이 그의 욕망을 밀어 넣었다.

단단한 기둥이 내 아랫배 전체를 관통한 같은 느낌에 나는 또 다시 짐승처럼 울부짖었다.

"남자한테 당하는 걸 좋아하나 보네, 치즈루 씨는……. 그래서 그 남자를 못 잊는 거야?"

렌이 심술궂게 말했다.

"아, 아니야……! 아, 아아, 안 돼! 나 정말…… 아아악……!"

"정말 그럴까?"

말을 받은 것은 론이었다. 여전히 화가 난 듯한 눈빛으로, 렌에게 정신없이 안겨 있는 나를 노려보고 있었다.

그 눈빛을 마주치자 온몸이 찌르르했다. 쾌감과는 다른…… 그래, 이것은 죄책감이었다.

"너, 그 남자의 거시기를 못 잊고 있었던 거야……?"

손가락이 작은 원을 그리듯 등줄기를 타고 내려갔다. 다른 한 손이 아랫배를 어루만지더니 애를 태우듯 천천히 유두 쪽으로 다가왔다.

"으하……! 아아, 안 돼……! 제발…… 제발 그만…… 아윽!"

"응? 아직도 못 잊었어……?"

"으…… 아아아, 하악!"

렌이 유두를 꽉 꼬집자 교성이 터져 나왔다. 다음 순간, 이번에는 렌의 가운뎃손가락이 엉덩이 골을 타고 들어왔다.

"싫어! 안 돼, 싫어! 그것만은 제발…… 아아아……!"

"렌, 뭐하는 거야?"

론의 흉폭한 시선이 렌에게 향했다.

그러나 렌은 아랑곳없이, 마치 전혀 흥분하지 않는 듯 냉정한 눈으로 그를 바라보았다.

"뭐야. 이쪽은 처음인가 본데?"

렌이 씩 웃으며 말했다. 그리고 일부러 놀리듯 그쪽까지 흘러넘친 샘물을 찌걱찌걱 소리를 내며 찍어댔다.

"말해봐요. 여긴 처음이에요?"

"하지 마! 아학……!"

손가락이 천천히 비틀리며 안으로 파고든 순간 가벼운 현기증과 절정이 몰려왔다.

휘몰아치는 달콤한 감각에 입가에서 침이 떨어졌고, 어디 한군데라고 말할 것 없이 온몸이 덜덜 떨려왔다.

내벽을 비비듯 꿈틀거리던 렌의 손가락이 움직임을 멈췄다.

"…역시. 이쪽도 해본 적이 있구나?"

난 대답하지 않고, 그저 입을 크게 벌린 채 필사적으로 산소를 갈구했다. 죽을 것 같아……! 이대로 있다간 죽을 것 같아……! 빼줘…… 어느 한쪽만이라도 좀 빼줘……!

"말해! 해본 적 있지?!"

론이 화가 난 목소리로 집요하게 나를 추궁했다. 그가 화를 내는 것이 무서워서 난 희미하게 고개를 가로저었다.

사실은 해본 적이 있었다. 너무 아파서 그만하자고 몇 번이나 애원했지만 그 사람은 들어주지 않았다. 하지만…….

"얼마나 헤프게 굴고 다닌 거야?"

론의 일갈에 가슴이 떨렸다.

"미안……."

잠꼬대처럼 중얼거리자 온몸의 피가 거꾸로 솟는 듯 어지러웠다. 온몸에 소름이 돋아났다.

그래. 마음대로 해…….

당신 마음대로 해…….

"뭐가 미안한데?"

렌의 손가락이 나의 내벽 너머로 삽입돼 있는 자신의 분신을 확인했다.

오줌을 쌀 것처럼 아랫도리가 저릿해지자 참기 위해 손을 뻗었다.

"미… 미안……. 미안……. 용서해 줘……."

그곳에, 론이 있었다.

"론…… 론……! 아아아……!"

론의 눈빛이 흔들렸다. 내 손을 뿌리치지도 못하고, 그렇다고 잡지도 못한 채, 소매를 붙잡은 나를 복잡한 눈으로 내려다보다 혀를 찼다.

"쳇. 뒤로도 이렇게 흥분하면 어떡해?! 응?!"

그렇게 말하면서 론은 난폭하게 내 손을 뿌리쳤다. 하지만 어쩐 일인지 다시 내 손을 붙잡았다.

론…… 어째서…….

따뜻하고 커다란 손이 내 손바닥을 감싸자 눈물이 왈칵 쏟아졌다. 그 손을 꼭 붙들자 그보다 더 세게 붙잡아 준다.

하지만, 렌의 공격은 용서가 없었다.

"흐아! 으…… 하악!"

사정을 참는지 이를 꽉 깨문 렌의 땀이 내 몸으로 뚝뚝 떨어졌다.

내 속살을 음미하듯 앞뒤로 천천히 움직이던 피스톤의 리듬이 점점 빨라졌다.

"기분 좋아, 치즈루?"

좀 전보다 진정된 목소리였으나, 여전히 딱딱한 어조.

난 빌었다.

"미안해…… 미안해, 론……. 용서해 줘…… 나…… 나……."

무슨 마음인지도 모른 채 난 론에게 사과했다.

앞쪽에 다시 바이브레이터가 닿자 나는 비명을 내지르며 허리를 들썩였다.

"아아아! 안 돼…… 용서해 줘……! 미, 미안…… 미안……!"

불꽃이 튀는 것 같이 뜨거운 쾌락. 새빨갛게 타오르는 불꽃.

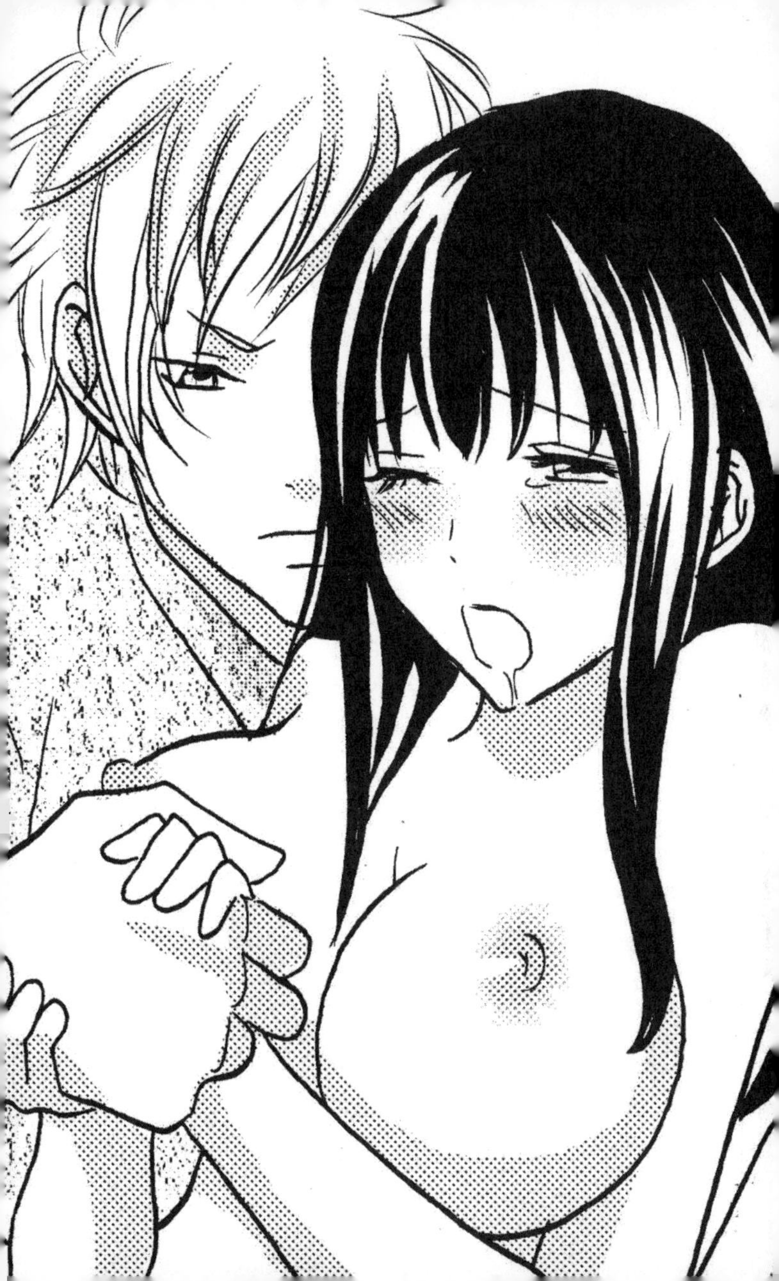

블루 플레임 같은 건 이제 필요 없어.

난… 난…….

"으아…… 흐아앙……! 아아아…… 하… 아아아아아…… 악……!"

이대로 죽어버리고 싶어…….

8.

론……

론의 것을 원해…….

"하, 아윽! 아아……, 아아…… 후…… 아학……!"

대단해……. 렌……! 아아……!

격렬한 절정을 느끼고, 허리를 든 채 버틸 수 없어 무너졌지만, 난 원하고 있었다.

난 몽롱한 눈빛으로 론의 사타구니에 손을 뻗쳤다.

그래, 난 원하고 있었다.

알고 싶어…….

론은…… 어떻게 돼 있지……?

내 이런 모습을 보고, 론의 것은…….

긴 옷자락을 헤치고 바지 앞섶을 더듬었다. 론의 그것은 소년답게 하늘을 향해 솟구쳐 올라 있었다.

"아아…… 하…… 있잖아……."

나는 코끝을 대고 손바닥으로 그것을 쓰다듬었다. 방금 전까지 론이 감싸고 있던 그 손으로…….

"있지…… 있잖아…… 이거… 아흥……! 으으응……!"

렌이 그의 것을 내 안에서 빼냈다.

크나큰 허탈감이 들자 더더욱 론의 것을 원하게 됐다.

"나보다 론 것을 원한다고?"

질투에 가득 찬 렌의 목소리.

"조금 전까지 당신에게 쾌락을 준 건 나인데……?"

"아아아……! 미, 미안……! 하지만……!"

난 론을 올려다보았다. 몽롱한 것이 시야인지 내 의식인지 알 수가 없었다. 그저 오로지, 눈을 크게 뜬 갈색 머리의 소년만이 보였다.

"아아아……! 이, 이제…… 더 이상은……."

론의 그것에 손을 뻗쳤다. 하지만 론은 어딘가 토라진 눈빛으로 날 쳐다보기만 했다.

"그렇게 좋아……? 응? 치즈루……. 렌만으로는…… 한 개만으로는 만족이 안 돼?"

"그, 그게…… 아니야……."

네 것이니까.

네 것…… 네 것이니까

원하는 거야…….

지퍼를 내리고 한껏 성이 난 그의 물건을 겨우 꺼냈다.

나는 혈관이 불거진 채로 팽팽하게 부풀어 오른 론의 분신을 두 손으로 끌어당긴 뒤 입을 벌렸다.

혀를 내밀고 투명한 액체가 맺힌 그 끝을 한 번에 목구멍 깊은 곳까지 밀어 넣었다.

"우우읏……!"

"첫."

렌이 내 뒤에서 일어나는 기척이 느껴졌다.

우리 둘을 나란히 바라본 렌이 피식 웃었다.

"시시해졌어. 만족 못했지만, 이쯤에서 물러날게."

그렇게 방을 나가는 그의 눈빛이…… 어쩐지 처음 봤을 때처럼 상냥했다. 마치 원래 이러려고 했던 것처럼.

난 한 번 더 크게 론의 것을 내 입에 담았다.

"흐읏……!"

론이 신음하면서 양손으로 내 머리칼을 붙들었다. 기분 좋아? 응? 기분 좋아……?

손가락을 둥글게 말아서 뿌리를 문지르며 힘껏 빨아들이고, 필사적으로 혀를 놀렸다.

"크, 아학……! 바보……! 그, 그만해……! 아…… 아……!"

왜? 난 그만두지 않을 거야.

이러고 있고 싶단 말이야……. 여기에서 쭉, 너랑, 이렇게…….

그러면 분명…….

론의 손이 내 머리를 꽉 붙들었다. 론이 무언가를 결심한 듯 허리를 움직여 오자, 내 온몸이 부들부들 떨려왔다.

아…… 아아…… 안 돼……!

나는 론의 분신을 입에 머금은 채로 눈을 크게 떴다.

"으흡…… 하아아…… 읍……."

론은 좀 전까지 다른 남자에게 안겼으면서, 이번에는 입안 가득 자신의 것을 문 채 얼빠진 눈으로 몸부림치는 나를 책망했다.

"제기랄! 넌 대체, 왜 이 모양이야……!"

…미안.

대답 대신 나는 혀를 놀렸다. 안쪽 근육의 오돌오돌한 감촉.

분명히 기분 좋을 거야, 여기.

네가 좀 더 기분 좋았으면 좋겠어…….

나 같은 거, 제정신이 아닌 데다, 집착이 강하고, 야무지지 못하고, 보는 눈도 없고, 자신감도 부족하고, 멍청하고, 외톨이에, 언제나 어둡지만…….

하지만,

론과 함께 있을 때는 즐거웠어.

론하고 있으면…… 너무…….

*　　　*　　　*

"본가에 돌아간다고요……. 잘 생각하셨어요."

헤어지는 날, 왕 선생님은 그렇게 말하며 다정하게 미소 지었다.

"그게 좋을 거예요. 치즈루 씨한테는."

"네."

나는 솔직히 고개를 끄덕이며 깊이 머리를 숙였다.

"그동안 정말로 감사했어요. 덕분에……."

갑자기 울컥해서 고개를 떨궜다.

"그 사람을 겨우 떨쳐낼 수 있었어요."

하지만 그 대신…….

마음에 떠오르는 말을 나는 입에 담지 않았다. 더 이상 같은 실패를 되풀이하고 싶지 않았다.

"그거 다행이군요. 하지만 방심하면 안 돼요. 충분히 잠을 자고, 식생활도 꼬박꼬박 챙겨야 해요."

"네. 하지만……."

나는 지난 일주일간 먹었던 음식을 떠올렸다.

놀랄 정도로 간단했다.

낫토를 얹은 밥, 버섯볶음, 참마즙, 콩이나 두부조림, 등푸른 생선이나 닭고기를 구워서 소금만 친 것…….

"약선이라면 좀 더 응축된 것일 줄 알았어요."

"물론 응축된 메뉴도 있죠. 하지만 그런 걸 매일 먹기는 힘들잖아요? 치즈루 씨의 경우 일단 당연한 것을 당연하게 하는 게 중요해요. 그러니까, 집에 돌아가는 게 좋은 거예요."

왕 선생님은 웃었다.

"사랑이 담긴 밥을 먹고, 가족을 위해 요리를 하고, 부모님을 도와주고, 청소를 하고……. 일단 생활을 바로잡아 보세요. 거기부터가 시작이에요."

"네……."

"혼자 살면 스스로를 제어하기가 힘들잖아요."

그럴지도 모르겠네요.

나는 힐끗 렌을 쳐다봤다.

렌이 희미하게 미소를 지었다.

"얼굴색이 많이 좋아졌어요. 안심이에요."

그날 밤 이후, 렌은 마치 아무 일도 없었던 것처럼 예의 바르게 나를 대했다.

나를 업신여기지도 않았고 오만하게 굴지도 않았다. 욕망을 채우기 위해 날 탐한 것도 아니었다.

도망치려는 나를 몸을 바쳐 막은 것일지도 모른다는 생각이 들었다.

외로웠던 것도 사실이겠지만.

어느 쪽이든…… 지금에 와서는 모든 것이 고마웠다.

고마워 할 인물은 렌뿐만이 아니었다.

론은…….

"…론한테도 작별 인사를 하고 싶었는데."

론은 배웅하러 나오지 않았다.

나를 미워하게 된 걸까?

날 경멸하고 있을지도 모른다고 생각하자 가슴이 미어졌지만, 그래도 고마웠다는 말을 전하고 싶었다.

이런 게 집요하다고 하는 걸까. 넌더리가 나…….

"제가 대신 전해 드리죠."

왕 선생님이 그렇게 말하면서 미안해했다.

"얼굴도 안 내비치다니 무례한 녀석. 이해하세요. 론은 아직 어린애거든요."

"아니에요. 분명히 제가 잘못한 거예요……. 뭔가 미움을 샀다면……."

"그렇지 않습니다. 오히려."

왕 선생님이 피식 웃으며 렌에게 설명을 떠넘겼다.

"그 녀석은 심통꾸러기라 패닉에 빠져 있는 거예요. 죄송해요."

"정말이지 덜 떨어진 놈들뿐이라 부끄럽군요."

"선생님! 왜 저까지!"

발끈하는 렌을 무시하고 왕 선생님은 다시 내 얼굴을 보았다.

"그럼 치즈루 씨. 건강하세요."

"네. 그동안 감사했습니다."

"잊지 마세요."

저희는 언제든 여기 있을 겁니다.

필요하면 다시 만날 수 있겠지요.

하지만 먼저 자기 발로 나아가 보세요.

다시 한 번 두 사람에게 깊이 고개를 숙인 나는 발걸음을 돌려 걸어 나갔다.

먼저 자기 발로…….

혼자 나가는 게 무서워서 다시 저곳으로 달려 들어가고 싶었다. 하지만, 같은 실수를 반복하고 싶지 않았다.

그렇게 생각하게 된 것 자체가 기적일 만큼 못난 나지만.
쓸쓸해지니까 돌아보지 말아야지.
그렇게 생각했지만 난 대문을 나서면서 딱 한 번 뒤를 돌아봤다.
손질을 잘 해놓은 정원.
겨울 오후의 햇살 아래 반듯하게 서 있는 서양식 건물.
화창하고 눈부신 풍경.
이곳에 어울리는 내가 되고 싶어.
언젠가는.
그때 나는 정원의 나무 그늘에 숨어서 이곳을 바라보는 그림자를 발견했다.
……론!
말을 걸고 싶었지만, 눈이 마주쳤다 싶었을 때 론은 황급히 수풀 사이로 숨어버렸다.

「그 녀석은 심통꾸러기라…….」

바작바작 타들어가는 마음을 억누르고, 나는 수풀을 향해 말을 건넸다.
"…날 거둬줘서 고마워. 잘 지내!"
수풀 저쪽에서는 침묵만이 돌아올 뿐이었다.
한참을 기다리다가 나는 포기하고 돌아서려고 했다. 그래. 마음을 전했으니까 이제 됐어.
하지만 다시 정문을 빠져나가는 순간, 뒤에서 완전 건방진

소리가 들려왔다.

"두 번 다시 오지 마! 바~보!!"

뭐라고?!
발끈해서 뒤돌아볼까 하다가 나는 후후 하고 미소 지으며 가만히 있었다.

말다툼은 다음에 만날 때로 미뤄두자.
다음에 만날 수 있다면 말이지.
아니, 그러지 말고…….
다음엔 내 발로 당당하게
너에게 다가갈 수 있는 내가 돼서
언젠가 이곳으로 돌아오고 싶어.

"약선사가 내 적성에도 잘 맞는 것 같아. 아빠한테 요리를 배우고, 공부해서 자격증도 따면……."
새롭게 발견한 꿈이 흔들리는 내 발걸음을 강하게 지지해 줬다.
지난 일주일간 왕 선생님이 끊임없이 해준 말이 가슴속에서 반복해서 울렸다.

당신은 무척 아름다워요.
생활을 정돈한 뒤, 제 말을 잊지 말고 스스로를 좀 더 소중하게 대하세요.

건강하게 살아가는 당신을 진심으로 사랑하는 사람이 언젠가 반드시 나타날 거예요.

「왕 선생의 치료실」 완결

나가오카 모모시로(長岡桃白)
국제한의학약선사 / 감수

작품 속에 등장하는 한약재의 효능은 개인차가 있을 수 있습니다. 한방약을 복용할 때는 반드시 전문가와 상담을 거치기 바랍니다.